Sien Volders
Norden

Sien Volders

Norden

Roman

Aus dem Niederländischen
übersetzt von Bettina Bach

Residenz Verlag

Dieses Buch wurde mit Unterstützung von
Flanders Literature (flandersliterature.be) herausgegeben.

© 2020 Residenz Verlag GmbH
Salzburg – Wien

Bibliografische Information der Deutschen Nationalbibliothek
Die Deutsche Nationalbibliothek verzeichnet diese Publikation
in der Deutschen Nationalbibliografie; detaillierte bibliografische Daten
sind im Internet über http://dnb.dnb.de abrufbar.

www.residenzverlag.com

Umschlaggestaltung: Boutiquebrutal.com
Typografische Gestaltung, Satz: Lanz, Wien
Lektorat: Jessica Beer
Gesamtherstellung: GGP Media GmbH, Pößneck

ISBN 978 3 7017 1734 7

Liebster,
wir und unsere Norden

There's a land where the mountains are nameless,
And the rivers all run God knows where;
There are lives that are erring and aimless,
And deaths that just hang by a hair;
There are hardships that nobody reckons;
There are valleys unpeopled and still;
There's a land – oh, it beckons and beckons,
And I want to go back – and I will.

ROBERT W. SERVICE

Prolog

Silber

Das Walzen des Silbers sollte ein Versprechen bergen. Jahrelang war das bei Sarah so gewesen. »Das Walzen des Silbers ist die Erwartung, das Hämmern die Bekräftigung.« So hatte ihr Lehrer es ausgedrückt, und so war es immer gewesen.

Sie drehte an der Kurbel und zog das Silberblech durch die Rollen, wieder und wieder, bis die gewünschte Stärke erreicht war. Das stetige, rhythmische Kurbeln, dann das Hämmern und die erste Handpolitur. Das Repetitive dieser Handlungen, die monotonen Geräusche, die sie erzeugten, versetzten ihre Gedanken in eine meditative Trance. Jede Drehung, jeder Hammerschlag drängte die Welt weiter in den Hintergrund, bis ihr Denken rauschfrei war.

An diesem Nachmittag nahm sie eine Halskette in Angriff, um den Sturm in ihrem Kopf zu beruhigen. Diesmal klappte es nicht. Das Walzen verlief stockend und das Hämmern nicht rhythmisch. Sie legte das Werkstück beiseite und machte mit der Gerätschaft das, was mit ihren Gedanken nicht gelang. Die Polierhämmer legt sie in Reih und Glied in die linke Ecke, die Sägen daneben. Den Brenner und die Handschuhe zusammen mit der Brille in die Mitte.

Als ihre verwitterte Werkbank perfekt aufgeräumt war, knipste sie die Schreibtischlampe aus und betrachtete sich im Spiegel. Den hatte sie hier aufgehängt, um die Stücke nach dem letzten Polieren zu begutachten. Wenn der Schmuck mit ihren Umrissen verschmolz, war er fertig, sonst machte sie weiter.

Heute wirkte der Blick in den Spiegel nicht befreiend. Sie sah nur die Linie zwischen ihren Augenbrauen. Die war neu.

Der Umschlag lag noch auf dem Küchentisch, wo sie ihn am Vormittag hingelegt hatte. Sie ging am Tisch vorbei zum Fenster, blickte in die Dämmerung. Als sie frühmorgens in Stiefeln durch den verschneiten Garten zum Briefkasten gegangen war, hatten zwei Briefe darin gelegen. Der eine in einer vertrauten Schrift, der andere auf dickem, teurem Papier. Die Einladung zu Anns Vernissage hängte sie an den Kühlschrank, danach öffnete sie zögerlich den zweiten Umschlag.

Ein Angebot. Sie wusste, dass es solche Angebote gab. Hätte sie jenen Weg weiterverfolgt, der an der Akademie gelehrt wurde, wäre sie eher darauf gefasst gewesen, ein solches Angebot zu bekommen. Hätte sie sich angepasst und sich jahraus, jahrein bemüht, Aufmerksamkeit auf sich zu ziehen. Aber nicht jetzt. Nicht, nachdem sie ihren eigenen Weg gegangen war. Es war noch zu früh. Zu seltsam.

Draußen ragten die Sträucher wie dunkle Zeichen aus dem schmelzenden Schnee. Dahinter die verwitterte Holzgarage, deren Tor sich seit zwei Jahren nicht mehr richtig schließen ließ. Sie wusste, dass ihr Auto da stand, unter der grauen Decke. Es wartete. Sie war seit Monaten nicht mehr gefahren.

Erregung kroch ihr das Rückgrat hoch, ihre Nackenhaare stellten sich auf, ein Lächeln legte sich auf ihre Lippen. In der Diele schlüpfte sie in ihre Stiefel und legte sich den Mantel um die Schultern. So schwer sich die schlecht schließenden Garagentüren ganz öffnen ließen, so leicht glitt die Decke vom Auto. Im letzten Tageslicht war seine Farbe kaum zu erkennen, doch sie war auf der Stelle wieder hingerissen, wie beim ersten Mal, als sie ihn am Straßenrand gesehen hatte. Ihr Auto. Ein olivgrüner 1969er Dodge Challenger, rote Ledersitze, dreihundertdreißig PS.

Sie schob sich auf den Fahrersitz, spürte das eiskalte Leder durch die Kleidung, drehte den Zündschlüssel herum. Hustend und sprotzend erwachte der Wagen zum Leben. Die erste richtige Zündung war ein Vorspiel für das, was folgen würde.

Bald.

Morgen.

Dann kehrte sie ins Haus zurück und streifte ruhelos umher. Sammelte Sachen zusammen und warf sie in einen Rucksack, blieb zweifelnd vor dem Bücherregal stehen, griff nach dem Atlas und blätterte so lange, bis sie wusste, wo sie hinwollte.

Nordwärts.

Morgen.

I

1. Tauwetter

Für Mary bedeutete Walkers Anruf zu Beginn des Frühlings dasselbe wie die erste Schneeschmelze für jeden anderen in Forty Mile: dass der Winter vorbei war. Dieses Jahr war Walker später dran als sonst.

Sie hatte angefangen zu warten, als die Sonne zum ersten Mal wieder auf die Dächer im Tal fiel, und wartete immer noch, als das Tauwetter kam und das Städtchen langsam und krachend aus dem Winterschlaf erwachte. Nur noch wenige Tage und das schmelzende Eis würde den Strom über Wochen in ein unbegehbares, unbefahrbares Niemandsland verwandeln und alles nördlich von Forty Mile von der bewohnten Welt abschneiden. Sie wusste, dass Walker das Tauwetter früher spürte als alle anderen, und machte sich keine Sorgen. Dann zog er ein Stück weiter auf dem letzten Eis nach Süden, verkaufte in Whitehorse seine Felle und die Arbeiten vom vergangenen Winter. Äxte und Messer, seine Schnitzereien. Er aß in der Stadt, trank und tanzte. Suchte sich eine Frau. Schlief. Danach rief er an.

17

Es war kurz vor sechs. Mary nahm den Besen und kehrte den alten Dielenboden zwischen den Regalen in ihrem Laden. Sie fegte den Schmutz zur Tür hinaus, über die Veranda, auf die Schotterstraße. Danach stapelte sie die Waren ordentlich, füllte, wenn nötig, die Vorräte auf und notierte sich die Bestellungen für den morgigen Tag. Auf der anderen Seite der Straße parkten die ersten Pick-ups vor der Kneipe gegenüber. In einer Viertelstunde begann die Happy Hour. Der Startschuss für den Abend.

Sie zählte das Geld in der Kasse und übertrug die Summe in ihr Heft. Dann nahm sie den alten Handbesen aus der Halterung und fegte die Ladentheke sauber. Sie lächelte. Seit hundert Jahren gab es den Kaufmannsladen schon, und die Einrichtung war unverändert. Dieselben Schränke, derselbe Fußboden, dieselbe Theke. Alles so alt wie die Stadt selbst. Als sie vor fast dreißig Jahren den Laden übernommen hatte, bot der frühere Besitzer an, die abgewetzte Holzplatte der Verkaufstheke auszutauschen. Sie hatte abgelehnt.

Mary hängte den Handfeger zurück, stemmte die Hände in die Hüften und streckte den Rücken durch. Stechende Schmerzen. Seit Ricks Tod fühlte sie sich alt. In diesem Winter hatte ihr Körper sie zum ersten Mal wissen lassen, dass das stimmte. Draußen dämmerte es schon eine Weile, sie sah ihre Spiegelung in der Scheibe der Ladentür. Immer noch schlank, nur hagerer. Die Haare genauso lang wie früher, aber inzwischen fast weiß. Mary war immer noch eine schöne Frau, fragte sich nur, für wen.

Als sie das Schild an der Tür umdrehte, *Geschlossen*, klingelte das Telefon. Ohne Eile nahm sie ab.

»Mary Calhoun, General Store, Forty Mile, guten Abend.«

»Marion.«

Sie schloss die Augen. Er war der Einzige, der sie noch so nannte.

»Walker.«

»Der Frühling kommt.«

»So ist das.«

Sie machten beide nicht viele Worte. Früher fragte er, wie Rick den Winter überstanden hatte, jetzt, wie es ihr ergangen war. Der Winter war mild gewesen. In der Stadt waren nur wenige Leute gestorben und auch die Pelztierjäger und Einsiedler in der Wildnis waren gut durch den Winter gekommen. Den Grund für seinen Anruf bewahrte er – wie immer – bis zum Schluss. Dann fragte er doch.

Ob Post gekommen sei.

Forty Mile war ein Goldsucherstädtchen. Aus dem Nichts war es vor beinah hundert Jahren zu einer Stadt explodiert, dem Paris des Nordens, danach genauso schnell wieder auf einen Bruchteil der Häuser und Einwohner zusammengeschrumpft, die es einst gehabt hatte. Man traf sich noch heute an den drei selben

Orten: in der Kneipe, im Wartezimmer des Arztes und im Kaufladen.

Die Kneipe war das älteste Lokal im Ort. Das einzige, das den ganzen Winter über geöffnet blieb. Dort verbrüderte man sich, prügelte sich und hatte Spaß. Im Wartezimmer des Arztes bangte man und fluchte. In Marys Laden herrschten Leben und Betriebsamkeit.

Tratsch war nie etwas für sie gewesen, dafür gab es die beiden anderen Orte. Sie beschaffte das, worum man sie bat, und alles andere, an das keiner dachte, das aber trotzdem alle brauchten. Im Winter gab es manchmal Klagen über die leeren Regale, die ewig gleichen Lebensmittel oder das lange Warten auf Motor-Ersatzteile. Aber Mary und ihren Kunden war nur zu klar, dass sie diesen Preis gern dafür bezahlten, an dem Ort leben zu können, wo sie lebten.

Jeder der drei Treffpunkte hatte ein Telefon. Die drei einzigen in Forty Mile. Doch bei Mary wurden auch die Briefe für die ganze Stadt abgegeben, sodass sie die wichtigste Schnittstelle zur Außenwelt war. Wenn sich jemand vorübergehend woanders aufhielt, kümmerte sie sich gewissenhaft um seine Post. Stand ein Absender auf der Rückseite, teilte sie diesem in ihrer beherrschten, eleganten Schrift höflich mit, wie es dem Adressaten zuletzt ergangen war. Manchmal bekam sie eine Antwort. Dann schickte der Absender einen größeren Umschlag: Darin war ein Brief an sie und ein kleinerer Umschlag mit einem neuen Brief für den ursprünglichen Empfänger. Andere kritzelten ihre Wünsche an sie direkt auf den Umschlag. Nie öffnete Mary einen Brief, der nicht für sie bestimmt war.

Die Bewohner von Forty Mile riefen aus anderen Dörfern, Städten und Ländern an, um zu fragen, ob Post für sie gekommen sei. Die früheren Ladenbesitzer hatten die Briefe vorgelesen und waren so ungewollt zum Beichtvater oder zur Beichtmutter aller Leute im weiten Umkreis geworden. Das hatte Mary von Anfang an abgelehnt. Wenn ein Adressat wissen wollte, was in dem Brief stand, bat sie ihn, in einer halben Stunde wieder anzurufen. Dann stellte sie ihren Sessel neben die Ladentheke und holte Dawkins, ihren steinalten und stocktauben Nachbarn. Lesen konnte er, doch er war nicht gebildet. Wort für Wort buchstabierte er sich durch den Brief, ohne sich die Satzzusammenhänge zu erschließen.

Wenn jemand wollte, dass man ihm seine Post vorlas, kam Dawkins in den Laden geschlappt, setzte sich in den Sessel und riss den Umschlag auf. Dann holte er eine Lupe aus der Brusttasche seines Hemds und wartete mit der Hand auf dem Telefon, bis er das Klingeln spürte. Er nahm ab, räusperte sich und blaffte mit rauer Stimme den Brief Wort für Wort in die Leitung. Nachdem er den Namen unten auf der Seite vorgelesen hatte, fing er wieder von vorn an, um sicherzustellen, dass der Anrufer jedes Wort mitbekommen hatte. Nach der zweiten Lektüre bedankte er sich fürs Zuhören und legte auf. Jedes neue Wort löschte bei ihm das vorige aus. Zum Schluss erinnerte er sich nur noch an den Namen des Briefschreibers, weil dieser Name am Ende stand.

In der Zwischenzeit ging Mary nach draußen, um neben dem Laden Holz zu hacken, und sang dabei vor sich hin.

Wie jeden Winter hatte Walker einen Brief bekommen.

»Von deiner Mutter.«

Der Brief kam kurz nach Weihnachten. Walkers hochbetagte Mutter war einer der Menschen, mit denen Mary seit Jahren eine Brieffreundschaft pflegte. Zuerst hatten die Frauen sich nur Briefe über Briefe geschrieben. Flüchtige Worte über andere Worte. Allmählich wurde die Korrespondenz persönlicher. Inzwischen hatte Mary Walkers Mutter fast genauso gern wie ihren Sohn.

Walker fragte, ob Dawkins den Brief vorlesen könne, und Mary verabschiedete sich auf dieselbe Weise von ihm wie beim ersten Mal, vor achtundzwanzig Jahren.

»Bye, Walker.«

»Bye, Marion.«

Sie wusste, dass er jetzt nickte.

2. Dodge

Das Sonnenlicht an der Wand zeigte Sarah, dass es schon weit nach zehn Uhr sein musste. Sie hatte Kopfschmerzen und ihr war übel vom Nachgeschmack zu vieler Zigaretten. Sie stieg aus dem Bett, stellte sich unter die Dusche.

Das Motel lag an der Autobahn und ihr Zimmer blickte auf die Ebene. Die letzten schmutzigen Schneereste weigerten sich hartnäckig, zu schmelzen. Ihre Stirn lag an der Scheibe, die dunklen Locken fielen ihr wie nasse Pinsel auf die Schultern. In der Ferne konnte sie die Berge des Nordens sehen. Unruhe grummelte in ihrem Bauch.

Sie kniete sich neben ihren Rucksack, holte einen Waschbeutel aus dem vorderen Fach und kramte eine Weile darin herum. Schließlich wählte sie drei ältere Stücke. Ring und Armband, zum Armband passende Ohrringe. Den Schmuck vom Vortag nahm sie vom Nachttisch und verwahrte ihn. Dann wühlte sie zwischen den zusammengeknüllten Klamotten nach Unterwäsche, die noch frisch aussah, und zog saubere Kleidung darüber.

Als sie alle ihre Sachen wieder im Rucksack verstaut hatte, kam sie in die Lobby. Auch dort war alles sauber, aber alt und verschlissen, wie überall im Motel. Der Geruch nach vergangenen Jahrzehnten hing im Teppichboden, in der verstaubten Tapete und der Holzverkleidung. Es war das letzte Motel vor Forty Mile. Bald würde der Highway 37 in den Klondike Highway übergehen, die letzte Gerade in Richtung Norden. Noch dreihundert Meilen, dann war sie da. Einen Tag Fahrt, etwa sechs Stunden.

Bis spätabends hatte sie ein Stück weiter in einem Blueslokal an der Theke gesessen und die vorletzte Etappe ihres Roadtrips gefeiert. Ein Lokal wie viele andere, die sie unterwegs besucht hatte. Aber hier war das Publikum rauer, die Musik besser. Nach einer Weile setzte sich ein älterer Mann neben sie. Eine Mütze auf dem Kopf, um seine Glatze zu verbergen, mit Bart und einem eindrucksvollen Bauch. Alles andere als nüchtern, aber friedlich. Einen Ellbogen auf der Theke, ihr Bier vor sich, nickten sie sich zu.

»Nicht so redselig, was?«

Er war weniger begriffsstutzig, als sie gedacht hatte.

Als Thekennachbar war er die ideale Gesellschaft für einen Abend allein. Sie redeten mit langen Zwischenpausen. Über das Leben, die Straße und den Norden. Alles und nichts. Er bestätigte ihre Vermutung: dass sie sich den richtigen Ort ausgesucht hatte, um nachzudenken. Gute Leute. Raubeinig, aber gut.

Kurz nach Mitternacht verabschiedeten sie sich voneinander. Nach einer Woche unterwegs war der Mann an der Theke der Erste, mit dem sie ein paar Worte gewechselt hatte, und er hatte nicht mal nach ihrem Namen gefragt.

Sarah zahlte für Übernachtung und Frühstück. Die Sonne stand schon hoch am Himmel. Mit dem Rucksack über der Schulter ging sie zu ihrem Auto. Der olivgrüne Lack war unter der Schicht Schlamm und Schmutz kaum mehr zu erkennen.

Der Ledersitz war noch eiskalt von der Nacht. Auf der Rückbank das Schlachtfeld einer Woche auf der Straße, von Vancouver bis hierher. Jetzt noch der letzte Tag, dann war sie am Ziel. Noch dreihundert Meilen, dann kam sie zur einzigen und letzten Stadt nördlich von allem.

Sie befolgte ein mittlerweile festes Ritual, schnallte sich an, faltete die Landkarte an der richtigen Stelle auf, öffnete ihren Kassettenkoffer und fuhr mit den Fingern über die Hüllen. Den Höhenlinien und der Farbe der Karte nach zu urteilen, erwarteten sie heute die unterschiedlichsten Landschaften. Flachland, Wälder, niedrige Berge und Fernblicke. Gewundene Flüsse. Nur zwei Brücken.

In ihrer Gewohnheit, den Landschaften bestimmte Musikrichtungen zuzuteilen, hatte sie noch keine Gesetzmäßigkeit entdeckt. Aber es gab Konstanten.

Berge vertrugen sich gut mit Punk, Täler und Flachland eher mit New Wave. Ihre Stimmung war während der ganzen Fahrt gleich geblieben: die eines Menschen, der sich mit aller Macht um eine anstehende Entscheidung drückt. Weg und Ziel waren eins.

Sie zweifelte. Wählte dann doch Punk. Hardcore. Erst Blackflag, dann NoMeansNo, danach Minor Threat. Sie legte die Kassetten in der richtigen Reihenfolge hin und ließ den Motor an. Bis zur letzten und einzigen Tankstelle vor Forty Mile bräuchte sie einen halben Tag. Im Kofferraum hatte sie zwei volle Benzinkanister. Der schlimmste Frost war vorbei, sie brauchte nicht mehr zu befürchten, dass der Motor streikte.

Die Straße schlängelte sich durch den Wald, führte manchmal ein paar Meilen geradeaus, bog vor einem gewundenen Fluss ab, folgte erst seinem Lauf und wich dann einem Bergkamm aus. Je weiter der Tag voranschritt, desto schneller fuhr sie. Hier bahnte sich der Frühling gerade erst seinen Weg durch den Schnee. Die Tundra lag vor ihr wie ein bizarres Schachbrett aus weißem Schnee und braunem Gras. Die Birkenwälder waren noch kahl. Zierliche weiße Stämme, geklöppelte braune Zweige drum herum.

Außer ein paar Trucks gehörte die Straße nach Norden ihr allein. Der ganze Norden gehörte ihr allein. Ihre Finger trommelten auf den Lenker, ihr Kopf nickte im Takt des synkopierten Geschreis des Sängers.

Hin und wieder zwang sie sich, an den Brief und das Angebot zu denken, an die Entscheidung, die zu Hause auf sie wartete. Sie legte die Möglichkeiten nebeneinander. Es gelang ihr nicht, hartnäckige Hintergedanken zu verdrängen. Doch die Landschaft rief, und bald ließ sie den Blick wieder über das Flachland und die Berge schweifen.

Vier Stunden später war das Frühstück verdaut und ihr Magen knurrte wieder.

Ein Truck stand an der Tankstelle. Sarah blieb im Auto sitzen, bis der Fahrer zurückkam, einstieg und davonfuhr. Dann tankte sie und ging ins Gebäude. Es roch süß, nach Kuchen. Altem Kaffee. Motoröl und Pisse. Schon beim Aussteigen hatte der Tankstellenbesitzer sie vom Fenster aus beobachtet. Er verfolgte jede ihrer Bewegungen.

»Allein unterwegs?«

Sarah sah ihn an. Schäbig, dickbäuchig und in einem schmuddeligen Blaumann. Sie nickte und fragte, ob es eine Toilette gebe. Grinsend deutete er mit dem Kinn in die hintere Ecke.

»Mach dich auf was gefasst, Miss.«

Das Klo war schmutzig und stank, doch es kam gelegen.

Zurück in der Tankstelle, ließ sie sich Zeit. Sie nahm noch etwas Wasser, Schokolade, Dörrfleisch und Rosinen, trödelte vor dem Presseregal. Fernsehzeitschriften, zwei Zeitungen und viele Sexheftchen. Eine *Vogue* von vergangenem Jahr. Sie legte den Kopf schief, zögerte. Schaute zu dem Mann hinterm Schalter. Er beobachtete sie immer noch. Einen Moment lang war es ihr peinlich, dann riss sie sich zusammen. Sie legte die Dinge, die sie gerade aus den Regalen genommen hatte, auf die Theke, griff nach dem Magazin und blätterte darin, bis sie die Werbung der Schmuckfirma gefunden hatte. Eine Doppelseite, ziemlich weit vorne.

Sie seufzte.

Die Marke stand in Großbuchstaben darüber, im Übrigen sollte man anscheinend nur auf das Model achten. Das rekelte sich nackt auf einem Bett, halb unter einer Pelzdecke, mit schwülstigem Blick. Das Schmuckdesign fand sie nicht schlecht. Aber wie immer waren die Edelsteine zu protzig. Sie musste lange suchen, bis sie den Namen des Designers fand. Ganz unten rechts auf der Seite, in kleinen Lettern.

Aha.

War es das, was sie wollte?

Sie seufzte erneut und legte das Magazin zurück ins Regal. Bei der Kasse fragte sie, ob sie einen Kaffee bekommen könnte.

»Aber sicher.« Der Mann nahm einen Becher aus dem Regal hinter sich und schenkte ihr Kaffee aus der großen Thermoskanne auf der Ladentheke ein.

»Schickes Auto, Miss. Wo kommst du her?«

»Vancouver.«

Der Mann legte den Kopf in den Nacken, musterte sie. Schaute wieder zum Auto. Er hielt die Zuckerdose hoch, sie schüttelte den Kopf.

»Wie viele Tage?«

»Mit heute eine Woche.«

»Schicke Karre. Von deinem Alten bekommen?«

»Gekauft. Wollte ich schon immer haben.«

Der Mann schaute nochmals zum Auto. »Wie hat es sich in den Rockies gemacht?«

»Prima. Ist gut hochgekommen. Herrlich in den Kurven. Wie ist der Rest der Strecke?«

Der Mann kratzte sich den Nacken. »Geht so. Mach dich auf ein paar Kratzer gefasst. Nur noch ein paar Meilen, dann ist der Asphalt zu Ende. Permafrost. Alles Harte macht der Frost sowieso kaputt. Gute Straße, aber Schotter. Schade um den Lack. Zweihundertneunzig PS?«

»Dreihundertdreißig. Es ist der Vierzylinder.«

»Hmm. So schöne Autos sieht man hier selten.«

Sie trank den Kaffee aus, zahlte und verabschiedete sich.

Als sie bei der Tür war, rief er ihr noch etwas hinterher.

»Vorsicht in der Dämmerung, Miss, du willst keinen Elch auf der Windschutzscheibe!«

Sarah legte ihren Einkauf ordentlich auf den Beifahrersitz und hupte zum Abschied. Im Rückspiegel sah sie den Mann in der Tür stehen. Er hob die Hand.

Noch hundert Meilen.

3. Kaffee und Scham

Adam stieg die Stufen zu Jacobs Haus hoch. Seit die Sonne wieder ins Tal und auf die Veranda schien, traf man ihn und Jacob kaum mehr woanders an. Jacob meistens in dem abgewetzten Sessel, eine Decke auf dem Schoß, und der lange Adam mit einem Bein über dem Geländer, an einen Pfeiler gelehnt. Äußerlich waren sie gegensätzlich. Adam groß, mager und blond, Jacob klein, breitschultrig und dunkel. Beide trugen einen wilden Bart.

Den ganzen Weg von der Kneipe bis zu Jacobs Haus hatte Adam sich den Kopf darüber zerbrochen, was gestern Abend passiert war. Er brachte keinen logischen Ablauf zusammen. Er hatte rumgeschrien, das wusste er. Vielleicht hatte er sich sogar geprügelt. Er nahm den Geigenkoffer in die andere Hand und schob die freie Hand in die Tasche, zum Aufwärmen. Die altbekannte Scham bahnte sich ihren Weg zu seinem Magen. Es wäre hilfreich gewesen, zu wissen, wie die Nacht geendet hatte. Doch er wusste nur, dass er in einem Zimmer über der Kneipe aufgewacht war.

Es wollte ihm nicht einfallen. Nichts Neues, aber trotzdem ärgerlich. Weil es gerade mehrere Wochen gut gegangen war. Und er jetzt keine Ahnung hatte, wie Jacobs Laune sein würde. Am Abend hatten sie einen Auftritt, da wäre eine gewisse Harmonie schon förderlich.

Adam klopfte, wartete eine Weile und trat dann ein. Hinter dem Küchentisch hörte er das Ticken und Klackern von Krallen auf dem Holzboden. Muddy kam auf ihn zugestürmt. Streichelnd und flüsternd versuchte er, seinen Labrador zur Ruhe zu bringen. Er sah sich um. Jacobs Schuhe lagen neben der Tür, seine Jacke hing über einem Stuhl neben dem Küchentisch. Oben war noch nichts zu hören. Adam zog die Schuhe aus und ging zum Herd, um Kaffee aufzusetzen. Er pustete sacht, bis die schwelenden Kohlen wieder aufglommen.

Jacobs Haus war klein und schmal. Ein rotes Holzhaus mit weißen Regenrinnen, einer kleinen Veranda und einem verwilderten Stück Land drumherum. Vor drei Jahren hatte Jacob es selbst gebaut, von dem Geld, das er hier im Norden verdient hatte. Es war ein einfaches Haus. Unten gab es eine Küche und genau ausreichend Platz für einen Tisch, vier Stühle und den großen Sessel, in dem Adam normalerweise schlief. Muddys Korb stand neben dem Ofen. Von der Küche führte eine Treppe nach oben ins Schlafzimmer.

Das Haus lag am südlichen Ortsrand, etwas oberhalb der anderen Häuser. Hinterm Gartenzaun begann die steile Bergwand, die Forty Mile begrenzte und das Städtchen gegen die Mündung beider Flüsse drängte.

Adam schenkte sich einen Becher Kaffee ein, zog die Jacke aus und lehnte sich auf einem Küchenstuhl zurück. Muddy legte ihm den Kopf in den Schoß.

Sich aus dem Winterschlaf zu reißen, fiel ihm mit jedem Jahr schwerer. Er war vierunddreißig Jahre alt, doch der Norden und der Alkohol hatten ihn rasch altern lassen. In diesem Winter hatte es sich zweimal in seinem Kopf verfinstert und er war von Jacob weggegangen, hatte sich ein Zimmer über der Kneipe genommen. Beide Male stellte ihm Jacob wochenlang jeden Tag einen Teller mit warmem Essen vor die geschlossene Zimmertür. An manchen Tagen schaffte Adam es nicht einmal, die Tür zu öffnen. Wenn der Teller länger als vierundzwanzig Stunden stehen blieb, ersetzte Jacob ihn durch einen neuen.

Diese langen Phasen von Suff und Dunkelheit im Winter hatten nichts zu sagen, nicht gezwungenermaßen. Im Moment fürchtete sich Adam eher vor den anderen Jahreszeiten. Vor all dem, was nach den ersten zögerlichen Frühlingstagen auf ihn zukam. Monate, in denen er für ein ganzes Jahr arbeiten, seinen Platz behaupten, seinen Beitrag leisten musste.

Nur noch wenige Monate und der kurze, heiße Sommer wäre da. Dann war im Städtchen und in der Natur drum herum am meisten los. Es waren die Wochen, in denen Gold gesucht und gefunden wurde, in denen die Glücksjäger vorbeizogen. Die Sommergäste, die seit Jahren kamen, kehrten wie späte Schwalben zurück. Jeden Herbst, jeden Winter, jedes Frühjahr spürten sie bis in die Knochen, wie der Norden rief und lockte. Die Täler und die Tundra, die Flüsse und die Stille. Die Leere, die niederschmetternd sein konnte. Der Hunger nach Einsamkeit und nach einem Leben in der Wildnis, der die meisten in diesem letzten Städtchen im Norden der bewohnten Welt stranden ließ. Forty Mile. Wo jeder rumhing, jeder fieberte. Wo man einander am Rand der Einöde fand. Wo Kameradschaft durch die knallharten Winter brachte und es immer und überall genügend Alkohol gab, um die eigene Ohnmacht wegzusaufen.

Oben knarrte das Bett. Getrampel, kurz darauf sah Adam zwei bestrumpfte Füße die Treppe herunterkommen. In Unterhose und T-Shirt, die Augen noch verquollen vom Schlaf, warf Jacob ihm einen glasigen Blick zu.

»Hm.«

»Kaffee?«

»Hm.«

Nach ein paar Schlucken ging Jacob an Adam vorbei zur Spüle und hielt den Kopf unter den Wasserhahn. Mit einem Handtuch rubbelte er sich Haare und Bart kräftig trocken.

»Verdammt noch mal, Adam, du warst nicht auszuhalten, gestern.«

»Hab's mir schon gedacht. Entschuldigung.«

»Entschuldigung? Hast du sie noch alle? Benimm dich einfach mal normal.«

Bockig trank Jacob den Kaffee aus, schmierte sich ein Butterbrot und ging wieder hoch, um sich anzuziehen. Adam sah ihm nach und fragte sich, ob er heute so leicht davonkommen würde.

Als Jacob wieder vor ihm stand, merkte Adam, dass es noch nicht vorbei war. Er schnappte sich schon mal seine Geige und zog auf die Veranda. Durch die Kälte waren seine Geige und Jacobs Banjo bereits nach drei Liedern total verstimmt, aber die Frühlingssonne draußen war wichtiger.

Mit roter Nase und tränenden Augen spielten sie, bis ihre Finger taub waren. Dann verzogen sie sich kurz nach drinnen, um sich aufzuwärmen und die Instrumente zu stimmen. Nach dem fünften Stück verschwand der Ärger aus Jacobs Gesicht, das nahm Adams Scham die Schärfe, sie war nicht mehr so schneidend.

Beim Spielen musterte Adam seinen Freund. Jacob war vier Jahre jünger als er. Wie viele andere war er zunächst nur als Saisonarbeiter nach Forty Mile gekommen, für einen Sommer. Gleich am Tag seiner Ankunft, irgendwann Anfang Juni, war er Adam über den Weg gelaufen. Die Folge waren drei Tage ununterbrochenes Feiern in der Kneipe, am Lagerfeuer, Bootsfahrten, Alkohol und vor allem viel Musik. Jacobs Banjospiel passte perfekt zu Adams Geige, und die Klangfarben ihrer Stimmen verschmolzen wie Zucker mit warmer

Milch. Nach einem Monat ließ sich Jacob einen Bart wachsen und beschloss zu bleiben. Er bekam einen Job nach dem anderen, während sich Adam seit Jahren kaum über Wasser halten konnte. Dafür war Adam der bessere Musiker, das schon. Immer, wenn er einen Job in den Sand gesetzt hatte und nach der soundsovielten faulen Ausrede so gut wie pleite war, rettete ihn das gemeinsame Musizieren.

Jetzt war es fast Frühling, und das Leben rief. Vielleicht würde ja diesmal alles anders werden. Vielleicht käme dieses Jahr alles ins Rollen. Heute Abend spielten sie das Eröffnungskonzert der Saison. Da kam die halbe Stadt, um sich den Winter aus dem Leib zu tanzen und zu trinken. Es war das letzte Wochenende, an dem die Kneipe das einzige offene Lokal in Forty Mile war.

4. Zigaretten

Mary arbeitete beständig weiter und ließ ihren Atem den Rhythmus bestimmen. Ein Holzscheit auf den Hackklotz, einen Schritt zurück, die Axt hoch in die Luft und den Scheit dann, ohne zu zögern, zerhacken. Das Splittern des Holzes als Auftakt zu einem jahrhundertealten Refrain.

»Wird drinnen grade vorgelesen?«

Am Tor stand der junge Jacob. Mary nickte. »Walker.«

Sie lehnte die Axt an den Zaun, legte die Hände auf den Rücken und streckte sich. »Auf deine Zigaretten musst du warten, bis Dawkins fertig ist, Junge. Bereit für den Abend?«

Sie plauderten, wie sie es oft taten. Ihre Worte bildeten Wölkchen in der Eiseskälte.

Seine Einladung, abends in die Kneipe zu kommen, schlug sie aus. »Die Zeiten sind vorbei, Junge. Tagsüber trinke ich gerne mal ein Gläschen mit dir, aber abends in der Kneipe … Ich bin alt geworden, seit Ricks Tod.« Lächelnd holte sie Tabak aus ihrer Wolljacke und drehte zwei Zigaretten.

Jacob zündete seine mit zusammengekniffenen Augen an. »Ich hätte ihn gern kennengelernt, deinen Rick.«

»Er hätte dich sehr gemocht, Jake.«

Ein Geräusch ließ sie beide aufschauen. Erst ein hohes, dröhnendes Sägen, dann lauter werdendes Bollern. Sie erblickten ein olivfarbenes Sportcoupé, das die letzten Meter auf der Straße aus dem Süden zurücklegte. Elegant und schnittig. Klein. Wie aus einer anderen Welt, hier zwischen den Pick-ups und Jeeps. Das Auto bremste vor Marys Laden. Wie Jacob beugte auch Mary sich vor, um den Fahrer zu sehen. Ein junges Mädchen. Oder eine Frau. Sonnenbrille, schwarze Locken.

»Hm«, machte Jacob, »ganz schön früh im Jahr.«

Die schönen jungen Leute kamen sonst erst im späten Frühling und blieben dann den Sommer über. Die junge Frau parkte.

Sie hörten die Ladentür zuknallen, gefolgt von Dawkins' Schritten auf der Veranda. Seine raue Stimme. »Mary!«

Mary ging dem alten Mann entgegen, hakte sich bei ihm ein und führte ihn die drei Stufen runter, über die Planken bis zu seiner Haustür. Sie drehte sich um und zwinkerte. »Lass sie rein und hol dir deine Zigaretten, Junge. Und toi, toi, toi für den Auftritt heute Abend!«

5. Jacob

Sarah ging an dem jungen Mann vorbei, der ihr die Tür aufhielt. Sie sah sich um. Ein holzgetäfelter Raum, Schnitzereien an den Seitenwänden der Regale, die bis zur Decke reichten. Sie spazierte zwischen ihnen umher, musterte die Mischung aus Lebensmitteln und Gebrauchsgegenständen, die vergilbten Etiketten an den Regalen, die elegante Handschrift, in der die Artikel ausgezeichnet waren.

»Ein wunderschöner Laden«, sagte sie dann. Sie kam zwischen den Regalen hervor und ging zur Verkaufstheke, wo er sie schon erwartete.

»Der älteste Laden in der Stadt. Eines der ersten Holzhäuser, die hier gebaut wurden. Davor gab es nur Zelte und Baracken.«

Sie standen sich gegenüber, die Hände jeweils auf der anderen Seite der Ladentheke.

»Jacob, freut mich, dich kennenzulernen.«

»Sarah, freut mich auch.«

Sie sah Lachfältchen über seinem vollen Bart.

»Für den Sommer bist du früh dran.«

»Deswegen bin ich nicht gekommen.«

»Aha.«

Er nahm Zigaretten aus dem Schrank hinter der Theke, kramte Geld aus der Hosentasche und legte es in die Untertasse vor ihm.

»Ich muss los. Mary ist gleich wieder da.« Er ging an ihr vorbei, drehte sich in der Tür noch einmal um: »Wenn du Lust hast auf ein Konzert heute Abend, komm einfach in die Kneipe gegenüber.«

Sie nickte und sah ihm nach.

Dann schweifte sie weiter zwischen den Regalen umher, nahm sich hier ein Brot. Fand da ein Glas Brombeermarmelade.

6. Torun

Mary zog das Gartentor hinter sich zu und ließ Frank aus seiner Hundehütte. Siebzehn war er inzwischen. Ein uralter, kleiner Foxterrier. Ricks Hund. Sie hatten es gut miteinander. Gemeinsam war der Verlust leichter zu ertragen.

Er folgte ihr zum Hintereingang und wollte mit in den Laden. Sie schob ihn mit dem Fuß zurück und schloss die Tür. Kratzende Krallen und leises Jaulen.

Von ihrem Platz hinter der Ladentheke aus sah sie sich um. Die junge Frau hatte einen Arm voll Sachen zusammengetragen.

»Du hast eine lange Fahrt hinter dir. Kaffee?«

»Ja gern, danke. Ich bin Sarah.«

»Mary. Komm ruhig mit.« Sie ging in die kleine Küche hinten im Haus, ließ die Tür zum Laden offen und stellte den Wasserkessel aufs Feuer. Frank lag draußen vor dem Hintereingang. Während sie wartete, dass das Wasser kochte, schüttete Mary Kaffee in den Filter auf der Thermoskanne. Sie drehte sich eine Zigarette und bot Sarah das Tabakpäckchen an. Eine Zeit lang rauchten sie schweigend, bis der Kessel anfing zu pfeifen.

»Ich wollte hier was zu essen kaufen. Und fragen, wo ich in Forty Mile am besten übernachten kann.«

Mary nahm den Kessel vom Feuer und goss den Kaffee auf. »Kommst du für den Sommer, die Romantik und das Gold? Dann bist du ganz schön früh dran.«

Sarah lachte auf, schwieg dann kurz. Ein letzter Zug, dann drückte sie die Kippe im Aschenbecher aus. »Ich weiß nicht.« Sie schaute zum Garten. »Ich wollte weg aus Vancouver. Ich muss nachdenken und eine Entscheidung treffen, und das kann ich am besten unterwegs. Der Norden schien mir eine gute Idee.«

Bei diesen Worten zuckte sie ein wenig hilflos mit den Schultern.

»Auf der Fahrt habe ich die ganze Zeit nachgedacht über … Über das, worüber ich nachdenken muss. Und nicht so sehr darüber, was ich hier will.« Sie verstummte wieder, drehte an ihrem Armband.

In diesen frühen Frühlingstagen stand die Sonne den ganzen Tag niedrig. Die Schatten waren anders, die Proportionen auch. Als ob man sich alles in diesem neuen Licht gründlich wieder ansehen müsse. Mary blickte die junge Frau vor ihr lange an. Die fast waagerechten Strahlen fielen funkelnd auf ihren Schmuck. Marys Blick blieb an dem Armband hängen. Eine silberne Spange, in die ein großer, schwarzer Stein gefasst war.

»Ich weiß noch nicht, wie lange ich hierbleibe. Vielleicht eine Woche, vielleicht nicht so lange.«

»Na ja, hier gibt es jedenfalls das beste Brot weit und breit, und mein Angebot ist auch sonst sehr gut, außer im Winter. Die meisten mieten sich für eine Weile über der Kneipe ein, schräg gegenüber, bis sie was anderes gefunden haben oder wieder abreisen. Die nehmen dort zurzeit zwölf Dollar pro Nacht für ein Zimmer, wenn ich mich nicht täusche.«

Mary erzählte weiter, wegen des *break-up* sei da mehr los als sonst. Der Strom, der Forty Mile vom Norden trennte, taute gerade. Im Winter konnte man übers Eis zu den paar Häusern am anderen Ufer gelangen. Aber jetzt war die Eisstraße wegen des Schmelzwassers zu Fuß unpassierbar, und solange es noch Eisschollen gab, konnte auch die Fähre nicht zu Wasser gelassen werden. »Über der Kneipe wohnen jetzt ein paar Leute, die normalerweise am anderen Ufer daheim sind.« Sie schenkte ihnen beiden Kaffee ein.

Um das Schweigen zu brechen, fragte sie, ob sie sich Sarahs Armband mal ansehen dürfe, sie wolle herausfinden, wie der Verschluss funktionierte. Sarah ließ das Häkchen aufschnappen und gab Mary das Schmuckstück. Das Design war ausgewogen. Schlicht, gut durchdacht. Das Silber perfekt poliert. Mary betrachtete die Ohrringe der jungen Frau. Ein zarter, tropfenförmiger silberner Hänger, darin derselbe schwarze Stein wie beim Armband.

»Hm. Außergewöhnlich.« Sie legte sich das Armband in die Handfläche, bemerkte den Schriftzug im

Inneren, las. »Torun. Woher hast du es?«

»Selbst gemacht.«

»Bist du Silberschmiedin?«

»Ja.«

»Es ist sehr schön. Und ein guter Name, Torun.«

Sarah erklärte ihr, es sei ihr zweiter Name, den sie den norwegischen Wurzeln ihrer Mutter zu verdanken habe.

»Hat die Entscheidung etwas mit deiner Arbeit zu tun?«

Sarah nickte.

Es blieb eine Weile still, während die beiden ihren Kaffee tranken.

»Du kannst auch hierbleiben.« Die Worte waren raus, noch ehe Mary darüber nachgedacht hatte.

Sarah sah überrascht auf.

»Ich habe oben noch ein Zimmer. Es ist seit Jahren nicht mehr benutzt worden.«

»Gern.« Jetzt war es Sarah, die sich über ihre schnelle Zusage zu erschrecken schien.

»Dann komm mit.« Mary ging vor, in den kleinen Vorraum und zu der Treppe, die ins obere Stockwerk führte. Von den vielen Schritten und dem Staub waren die Eichenholzstufen nach fast einem Jahrhundert grau geworden. Oben auf dem Treppenabsatz gab es drei Türen.

Mary zeigte ihr alles. »Das ist mein Zimmer, da ist das Badezimmer und hier kannst du schlafen.« Sie öffnete die Tür, der aufgewirbelte Staub leuchtete in den einfallenden Sonnenstrahlen. Sie versuchte sich zu erinnern, wann sie das Zimmer zuletzt betreten hatte.

Es war der hellste Raum im ganzen Haus. Alles war weiß gestrichen, die Wände, der Fußboden und die wenigen Möbel. Ein französisches Bett mit Schnitzereien an einer Wand, ein großer Schrank, ein Schaukelstuhl neben dem Fenster, das auf die Kneipe auf der anderen Straßenseite blickte. Links vom Fenster eine Staffelei, über die ein Tuch gebreitet war. Mary roch noch einen vagen Nachhall von Terpentin.

Sie zeigte auf den Schrank. »Da ist frische Bettwäsche drin. Na ja, was heißt schon frisch. Sie war frisch gewaschen, als sie in den Schrank kam. Aber das ist lange her.«

Sarah drehte sich zu Mary um. »Danke.« Ihre Stimme war sanft.

»Bring deine Sachen hoch, wann immer du willst. Wenn Leute im Laden sind, kannst du zur Gartentür rein.«

Mit diesen Worten ging Mary wieder runter. Was war in sie gefahren, diese junge Frau zu sich einzuladen? Ob es am Auto lag? Oder an der Art, wie Sarah von der Reise erzählt hatte? An der Behutsamkeit, mit der sie ihre Worte wählte.

Ein Gefühl des Wiedererkennens.

7. Bier

Sarah sah fünf Hunde vor der Kneipe, die Leinen waren an Ringen in der Wand befestigt. Als sie näher kam, hoben alle fünf die Köpfe. Doch das Bellen blieb aus. Sarah öffnete die Tür und das Stimmengewirr in der Kneipe verstummte.

»Herzlich willkommen, Sarah.«

Jacob, der junge Mann, der eben im Laden gewesen war. Er lachte und zeigte auf einen freien Barhocker neben sich. »Keine Sorge, die werden sich schnell an dich gewöhnen.«

Hinter ihnen wurde gemunkelt.

Er bedeutete dem Barkeeper, ihnen Bier zu bringen, und stellte der Frau, die neben ihm an der Bar saß, Sarah vor. »Sarah, June. June, Sarah.«

Wilde, zu einem lockeren Pferdeschwanz zusammengebundene Mähne, ein offenes, herzliches Gesicht. »Das ist also Sarah vom Auto vor Marys Laden.«

Sarah nickte.

Die Gespräche schwollen wieder zu einem kompakten Stimmengewirr an, unterbrochen von Rufen und Gelächter, im Hintergrund lief eine Bluesnummer. Jacob gab Sarah ein Bier und stieß mit ihr an.

»Prost! Wie gesagt: Du bist früh dran für die Jahreszeit.«

Die Eingangstür ging auf und ein Schwall kalter Luft kam herein. Ein alter Mann mit weißem Bart und langem, weißem Haar unter einem verschlissenen Hut steuerte geradewegs auf einen Tisch hinten in der Kneipe zu. Laute Begrüßungen, Murmeln. Anders als das Schweigen vorhin. Jetzt war also ein Bekannter reingekommen.

»Willy! Jacob, Willy ist da!« Ein großer, junger Mann kam auf Sarah zu. Blonder Bart und strubbeliges Haar. Er küsste June auf die Stirn und versuchte, Jacob am Ellbogen hinter sich her zu ziehen. »Komm doch mit, Willy ist da.«

Jacob stand auf und zwinkerte Sarah zum Abschied zu. »Anscheinend muss ich mit. Du bleibst zum Konzert da, oder?« Der große Blonde hinter ihm drehte sich ungeduldig um. Jacob wurde mitgeschleift, hinten in die Kneipe.

»Das war Adam«, sagte June, »der gleich zusammen mit Jacob spielen wird.«

»Ach. Davon hat er kein Wort gesagt, als er vorhin vom Konzert gesprochen hat.«

»Typisch!« June stieß mit Sarah an. »Jacob ist einer der Klügeren hier. Er weiß, wann es Zeit ist, für eine Weile aus Forty Mile wegzugehen. Wenn die Abgeschiedenheit zu groß wird, die Welt zu klein …«

»Und du?«

June grinste.

»Ich gehöre natürlich auch zu den Klügeren. Ich wohne seit über zehn Jahren hier und weiß, wann ich mal ausbrechen muss.«

»Und der andere Musiker?«

»Adam? Um Himmels willen, nein. Wenn der nicht aufpasst, wird der Norden noch sein Tod.« Sie schaute zum Tisch hinten in der Ecke. »Hast du den alten Mann gesehen, der gerade reinkam? Das ist Willy Bowskill. Alle Musiker, die hierherkommen, wollen mit ihm spielen. Er wohnt am anderen Ufer, aber immer, wenn das Eis beim *break-up* schmilzt, ist er für eine Weile hier. Manchmal können Adam und Jacob ihn dazu überreden, mit ihnen zu spielen, aber eher selten. Das sind die besten Abende.« June trank ihr Glas aus und machte dem Barkeeper ein Zeichen, zwei weitere Biere zu bringen. »Mit etwas Glück wird der heutige Abend also unvergesslich.«

Sarah musterte die Leute um sie herum. Der Geräuschpegel stieg. June setzte ihre Erzählung fort, redete zwischendurch auch mit den anderen, die kamen, um sich etwas zu trinken zu bestellen. Im Spiegel ihr gegenüber sah Sarah, wie der blonde Musiker, Adam, zur Theke kam. Er trat zwischen sie und June und bestellte drei Whiskys. »Große! Ohne Eis. Und schenk den Ladys hier auch was ein.«

June fragte, ob sie Willy schon rumgekriegt hätten.

»Ich arbeite daran.« Dann blieb Adams Blick eine

Weile an Sarah hängen. »Ha!« Nach diesem Ausruf stob er davon.

June warf ihr einen Blick zu. »Der führt was im Schilde, scheint mir.«

Das Stimmengewirr hinter ihnen wurde lauter, die Leute erhoben sich und strebten zur Bühne hinten in der Kneipe. Sarah sah Willy hinaufsteigen und eine Gitarre von der Wand nehmen. Er legte sich den Gurt um den Nacken, trat an den Rand und räusperte sich.

»N'Abend, alle Mann. Ich hatte heute Abend nicht vor zu spielen, aber Young Adam hier will ein neues Mädchen beeindrucken, also …«

Lachen rollte durch die Menge, June klopfte Sarah auf den Rücken.

»Auf die Liebe!«, schrie Willy und setzte mit einem fetten Blues-Solo ein.

Der alte Mann hatte eindeutig die Führung. Er bewegte sich kaum, nickte nur rhythmisch mit dem Kopf. Er stand da, ein Bein gebeugt, die Gitarre weit unten auf dem Bauch, der Gitarrenhals ragte steil nach oben. Ein Hochziehen seiner buschigen Augenbrauen, eine Bewegung des Kinns, und das Tempo wurde erhöht. Das Singen überließ er Jacob und Adam, er brummte nur bei manchen Stücken in einem tiefen Bariton. Ganz selten mal murmelte er einen Sprechgesang zu seinen eigenen Solos. Jacob spielte Banjo und sang, konzentriert, mit hochgezogenen Schultern. Auf der anderen Seite von

Willy stand Adam. Er wechselte zwischen Geige und Mundharmonika hin und her und bewegte sich viel wilder. Er stampfte im Takt mit dem Fuß, wiegte sich hin und her und genoss den Auftritt sichtlich, während Jacob sich offenbar große Mühe geben musste, hinterherzukommen. Doch die beiden jungen Männer waren gut aufeinander eingespielt. Ihre Stimmen verschmolzen zu einem flehenden Duett.

Nach der Hälfte des zweiten Sets tanzte das halbe Lokal. Es war ein ständiges Kommen und Gehen an der Theke. Die Leute holten Bier und Whisky für sich selbst, aber auch für Willy. Sie stellten eine immer länger werdende Reihe von Gläsern vor ihn auf die Bühne. Immer wieder hielt Adam Sarahs Blick fest.

Nach zwei Zugaben fand Willy, dass es jetzt genug war. Er löste sich aus seiner vorgebeugten Körperhaltung, hob zum Abschied die Hand und wurde wieder der alte Mann, der er beim Reinkommen gewesen war. Er winkte die beiden jungen Männer zu sich und gab jedem zwei der Whiskygläser, die vor ihm auf der Bühne aufgereiht waren. »Nicht schlecht, Jungs, nicht schlecht.« Seine Stimme übertönte den Applaus.

Der Schweiß stand noch auf Adams Stirn, als er Sarah nach dem Auftritt begrüßte. Sie unterhielten sich. Oberflächlich, aber nicht unbehaglich. Er erzählte genug, um ihre Neugier zu wecken. Den ganzen Rest des Abends war sie von einem fröhlichen Gedränge umgeben; Adam und June blieben die ganze Zeit bei ihr, Jacob tauchte immer mal wieder auf.

Als sie Anstalten machte zu gehen, gab es lauten Protest. Sie winkte nur, verabschiedete sich kurz: »Bis morgen.« Auf dem Weg zur Tür hielt Adam sie rasch am Arm zurück.

»Schläfst du nicht hier oben? Du willst doch sicher nicht im Auto übernachten, bei dem Wetter?«

»Nein, gegenüber, bei Mary.«

Sie ließ sein Staunen in der Trunkenheit und dem Stimmengewirr um sie herum verklingen.

8. Gemälde

Durch das Fenster sah Sarah das Wohnzimmer im warmen Schein des Ofens und einer Leselampe aufleuchten. Sie wusste nicht, wie leise sie sein sollte, versuchte zu hören, wie laut ihre Schritte waren. In ihren Ohren dröhnte es noch vom Kneipenlärm.

Die Wohnzimmertür stand offen. Vor dem Kamin ein gusseiserner Ofen, davor wiederum ein großer Sessel und zwei Lehnstühle. Elegant, mit geschnitzten Armlehnen und Beinen, einem fahlgrünen Samtpolster. Auf dem Sessel lag ein dunkles Fell. Sarah trat näher und bemerkte, dass der Kopf noch dran war. Ein Bärenfell. Sie streckte die Hand aus und strich darüber. Kräftiges, dickes Haar, doch darunter war es erstaunlich weich. Ruppig und flauschig zugleich. In dem Zimmer standen zwei große Bücherregale. Französische und englische Romane, viele Kunstbände. Sarah erkannte drei Buchrücken, lächelte, es waren Werke von Thor Heyerdahl. Vorsichtig nahm sie eines vom Regalbrett. *Fatu Hiva*. Derselbe orangefarbene Einband wie bei ihrem Vater. Bei ihm hatte das Buch brüderlich neben dem alten Exemplar ihrer Mutter gestanden, dem norwegischen Original aus den dreißiger Jahren.

Sie schnupperte daran. Holzfeuer und altes Papier. Auf dem Vorsatz stand in eleganter Schrift ein Name. *Marion Goodwin.* Sie stellte das Buch wieder zwischen die anderen zurück.

An der Wand hingen Jagdtrophäen. Als Sarah sie sich näher ansehen wollte, hörte sie Geräusche aus der Küche. Mary trat in die Tür, eine Flasche Wein und ein Glas in der Hand.

»Hallo, Sarah, nimm dir ein Glas aus dem Geschirrschrank, wenn du Wein möchtest, und komm zu mir.« Mary setzte sich in den Sessel mit dem Bärenfell, unter die Leselampe.

Kurz bevor Sarah sich einschenkte, hielt sie inne. »Wein ist doch sicher eine Seltenheit, so weit oben im Norden?«

»Es hat viele Vorteile, hier einen Lebensmittelladen zu haben. Darunter den, dass ich mir so manchen Luxus nicht abzugewöhnen brauchte.«

»Du bist also nicht hier geboren?«

Mary lachte. »Hier wird fast niemand geboren.«

»Warum?«

Mary zuckte mit den Schultern und schaute ins Feuer. Sagte dann, in Forty Mile kämen kaum Kinder auf die Welt, und es würden schon gar keine hier gezeugt.

Sarah sah sie ungläubig an.

»Hier wird niemand schwanger. Seit fast hundert Jahren gibt es die Stadt, und noch nie wurde ein Kind hier gezeugt. Manchmal werden Kinder hier geboren, aber gezeugt werden sie immer woanders.«

Mary erzählte ihr vom sogenannten Fluch der Ersten Völker. Schon seit Anbeginn der Zeiten hätten die hier im Sommer ihre Jagdgründe gehabt, am Zusammenfluss beider Flüsse. Dort fingen sie Fisch und trockneten ihn, dort hielten sie große Hochzeitszeremonien ab. Doch dann hatten die Trapper unweit ihrer Niederlassungen Gold gefunden, und nicht einmal ein Jahr später waren die alten Jagdgründe von Zehntausenden Menschen überschwemmt. Der unberührte Norden war schlagartig allgemein bekannt. Da hätten sich die ursprünglichen Einwohner entschieden, ihre Jagdgründe zu verlassen, aber unter einer Bedingung: Dass man sie noch weiter nördlich in Ruhe ließ. Pakte wurden geschlossen, Verträge unterzeichnet, es floss kein Tropfen Blut. »Seither werden hier keine Kinder gezeugt. Der Legende nach sind die neuen Bewohner mit Unfruchtbarkeit bestraft worden, weil sie den Ureinwohnern ihre fruchtbaren Fischgründe gestohlen haben – für immer und ewig. Oder zumindest so lange, wie sie versuchen, hier Kinder zu zeugen.«

Sarah schüttelte den Kopf.

Mary fuhr fort. »Vor ein paar Jahren ist ein junger Medizinstudent hergekommen, um das Phänomen zu untersuchen.« Die Frauen von Forty Mile hätten ihn ausgelacht, sie ließen ihn abblitzen, als er sie untersuchen wollte. Ein halbes Jahr lang ließ er ihnen über den Arzt höfliche Bittbriefe zukommen, dann gab er auf. »Es ist also immer noch ein Rätsel. Aber trotzdem stimmt die Geschichte«, schloss Mary. »Und man kann sich die Verhütungsmittel sparen, das kommt noch dazu. Du wirst es noch öfter hören. Es ist eine merkwürdige Geschichte, und wir erzählen sie gern.«

Sarah fragte Mary, was sie morgen, an ihrem ersten Tag in Forty Mile, unternehmen solle.

Mary lächelte eine Weile still vor sich hin. »Ich hatte mehrere erste Tage hier. Allein zu sein ist schon mal ein guter Anfang.«

Ihr fast weißes Haar fiel offen über eine Schulter, in lockeren Wellen. Das warme Licht der Leselampe wischte ihr die schärfsten Falten aus dem Gesicht. es war nicht schwer zu erkennen, wie schön sie als junge Frau gewesen sein musste.

Ihr Gespräch verlief ruhig, plätschernd; es war ein seltsames, aber vertrautes Zusammensein. Ab und zu entstand eine längere Stille, die nicht unangenehm war. Vancouver war wie eine andere Welt, und Sarah versuchte, sich zu erinnern, wann sie ihre Arbeit zuletzt so lange liegen gelassen hatte.

Der Rausch der Erschöpfung und des Weins flossen wie eine warme Decke zusammen. Sarah gähnte, streckte sich. Sie verabschiedete sich von Mary und ging nach oben.

Neben dem Fenster stand die Staffelei. Draußen, im Licht der Straßenlaterne gegenüber der Kneipe, ihr Auto. Sie zögerte kurz. Lüftete dann eine Ecke des Tuchs, das über der Staffelei hing. Sie schaltete das Licht ein. Es war eine kleine Arbeit. Eine dunkle Landschaft von Bergen und Wäldern, im Vordergrund eine Felsgruppe. Sarah kniff die Augen zusammen. Das Bild verwirrte sie. Auf den ersten Blick wirkte es roh und rasch hingeworfen, doch je länger sie hinschaute, desto mehr Details fielen ihr auf. Von kräftigen Pinselstrichen zu immer feineren Ansätzen. Von einer dicken Schicht undurchsichtiger Paste zu einer feinen Glasur. Vorn in der Felsgruppe lag der Körper eines Mannes. Nackt und gebrochen. Klein in der Landschaft, groß in dem Schmerz, den er hinausschrie. Das ganze Werk zeugte von ungeheurem Können und war doch seltsam unfertig.

Sie breitete das Tuch wieder darüber. Im Schrank fand sie die Bettwäsche, von der Mary gesprochen hatte. Im unteren Fach stand eine zugeklebte Pappschachtel. Wieder derselbe Name wie in dem Buch von Thor Heyerdahl. *Marion Goodwin.* Eine Adresse in Quebec. Briefmarken und Stempel, sicher jahrzehntealt. Ihre Finger griffen nach der Schachtel. Dann bezwang Sarah ihre Neugier und schloss die Schranktür wieder.

Morgens beim Aufwachen dauerte es eine Weile, bis sie begriff, wo das Knallen der Tür herkam. Der Laden.

Als sie angezogen war, ging sie nach unten. Mary, die gerade eine Frau bediente, rief ihr von der Theke aus guten Morgen zu. Sarah winkte und lief nach draußen, in die Kälte. Sie schulterte den Rucksack und ging los, durch die Hauptstraße, zum Zusammenfluss beider Flüsse. Sie stieg über die Böschung zum Wasser. Graue runde Steine und kantigerer Kies im Flussbett zu ihren Füßen. Das Flüsschen, das von Süden kam, war fast schon eisfrei, außer an den schmutzigen Uferrändern. Von dem breiten Strom, der von Osten nach Westen floss, erklang ein lauteres Rauschen. Massive, an die Ufer getriebene Eisbrocken rieben gegeneinander, ein Stück weiter prallten Schollen auf Eis, das wieder festgefroren war. Es wirbelte und sprudelte, schabte und schlug, das Wasser graubraun, weil es bis zum Grund aufgewühlt war. Unbegehbar, unbefahrbar – das brüllte der Fluss aus Eis und Stein und machte das Nordufer unerreichbar.

Sarah folgte dem Strom flussaufwärts bis zum östlichen Stadtrand; dort begann die Bergwand, die den Ort wie eine Hand umschloss und an den Winkel des Zusammenflusses drängte. Sarah musterte den Steilhang, suchte nach einem Weg zwischen den kleinen Tannen und Birken. Später. Erst wollte sie etwas essen.

In der Kneipe mischte sich der abgestandene Zigarettenrauch von gestern Abend mit dem Duft nach Kaffee und Eiern mit Speck. Der Vormittag war kaum angebrochen, doch hinten tranken vier ältere Männer schon

Bier. Sarah setzte sich auf einen Hocker und begrüßte die Barfrau. Die umsorgte die Gäste, die sonst ihren Hunger weggetrunken hätten. Matronenhaft stapfte sie durch die Kneipe, mal mit Pfannen voller Eier und mit großen Brotbrocken, dann wieder mit Kaffee und perfekt gezapftem Bier.

Sarah frühstückte an der Theke. Zwei Kaffees später standen Adam und Jacob neben ihr. Sie wirkten noch etwas zerknautscht, lachten aber beide, als Jacob erzählte, Adam habe schon vor einer Stunde versucht, ihn aus dem Bett zu zerren, um wieder herzukommen.

»Molly hier hat er auch sehr gern, aber ihretwegen kriegt man ihn um diese Uhrzeit nicht aus den Federn.«

Jacob machte der Barfrau ein Zeichen. Diese warf den Männern einen kritischen Blick zu und drehte sich dann zu den hinter ihr aufgereihten Flaschen. Der Schuss Whisky, den sie ihnen in den Kaffee goss, wurde dankbar angenommen.

Sarah gratulierte ihnen zum Auftritt von gestern Abend.

Adam grinste. »Wenn du noch eine Weile dableibst, wirst du das öfter erleben.«

Als der Kaffee mit Schuss seine Wirkung tat, erwachten Adams und Jacobs Lebensgeister. June lief draußen vorbei und Jacob rief sie herein. Sarah beobachtete das Geplänkel zwischen den dreien. Dann wendete June sich an sie.

»Sarah, heute ist also dein erster Tag hier.«

Sarah erzählte, sie habe vor, die Bergwand hinaufzuklettern, um zu sehen, wie weit sie käme.

»Oder wir fahren dich einfach das erste Stück hoch, sonst brauchst du den ganzen Tag dafür. Oder?« June warf Adam und Jacob einen fragenden Blick zu, sie nickten. Es war Wochenende und sie hatten noch nichts vor.

Adam holte sein Auto, Jacob und June gingen rüber zu Mary, Proviant für unterwegs besorgen. Inzwischen wartete Sarah draußen vor der Kneipe.

Das Einsteigen in Adams Auto war chaotisch. Adam bat Sarah neben sich, June, Jacob und Muddy, Adams Labrador, quetschten sich auf die Rückbank. Der Motor startete, Jacob beugte sich zwischen Adam und Sarah hindurch nach vorn und schaltete das Kassettendeck ein. Die Musik setzte mitten in einem Stück ein. Sie sausten aus Forty Mile heraus, hörten laut dröhnend und mit offenen Fenstern Flatt & Scruggs. Muddy versuchte ständig, nach vorne zu krabbeln, und wurde mit Geschubse und Befehlen zurückgedrängt. Um elf Uhr morgens gingen auf der Rückbank die ersten Bierdosen zischend auf.

Sarah lehnte sich zur Seite, Wind im Haar, die kühle Bierdose in der Hand. Sie schaute nach draußen. Tief in ihrem Bauch hatte sie ein Tauwettergefühl. Dann erschien ein neues Bild vor ihrem inneren Auge. Eine leere Werkbank. Was, wenn sie einfach aufhörte? Wenn sie, statt das Angebot anzunehmen oder auszuschlagen, einfach keinen Schmuck mehr entwarf. Wenn sie sich eine andere Arbeit suchte? Eine normale Arbeit, die nicht an ihr zehrte und sie auffraß? Seit zehn Jahren war sie als Designerin zunehmend erfolgreich geworden, und in dieser Zeit hatte sie den Boden unter den Füßen verloren. Immer mehr Freunde waren weggefallen, immer weniger Menschen, die ihr nahe waren, ihr noch blieben. Ann war geblieben, die schon. Aber auch sie warf ihr vor, kalt zu sein. Blind für andere. Nur für ihre Arbeit zu leben.

Sie schloss die Augen, roch Diesel, Zigaretten, Bier, den Moschusduft ungewaschener Männer und den Schlamm an ihren Schuhen. Was auch immer hier gerade geschah, es war genau das, was sie gebraucht hatte.

9. Berg

Adam und Sarah kletterten das letzte steile Stück hoch. Muddy kraxelte ein Stück hinter ihnen her, mit weit offenem Maul und heraushängender Zunge. Oben wehte es kräftig. Bevor sie sich umsah, zog Sarah ihren Pullover aus. Ihr T-Shirt rutschte mit hoch und entblößte ihren Bauch – weiß, schlank, Adam sah das Muttermal neben ihrem Nabel. Er wandte sich ab, als sie sich aus ihrem Pullover schälte. Still stand sie da, schaute, dann drehte sie sich fassungslos zu ihm um. »Adam, das ist ja …«

Sie schnaubte.

Er wusste, wie sie sich fühlte. Es machte nicht viel Unterschied, ob man zum ersten oder zum hundertsten Mal da war, der Blick blieb überwältigend. Im Tal links von ihnen lag, kaum noch sichtbar, Forty Mile, vor ihnen die Weite des Nordens. Unendlich viele Berge, von ihnen getrennt durch den breiten, von Ost nach West fließenden Strom, der als immer schmaler werdendes silbernes Band in der Ferne verschwand. Um sie herum das Brausen des Windes, sonst nichts. Außer der Stadt unter ihnen weit und breit keine Spur menschlichen Lebens. Keine Straße, kein Boot, kein Haus, kein Rauch.

Adam breitete die Arme aus. »Der Horizont aller Horizonte.«

Er trat an den Rand des Plateaus, das letzte Stück vor dem steilen Abgrund. Der Wind zerrte an seinen Kleidern, sein Herz raste. Wild. Magnetisch. Sein Norden.

Er schaute über die Schulter zurück. Sie hatte sich auf dem Boden niedergelassen und betrachtete die Landschaft. Er ließ sich neben sie fallen. Im Schneidersitz berührte sein Knie ihres.

Muddy setzte sich neben Sarah und legte ihr den Kopf in den Schoß. Lächelnd beobachtete Adam seinen Hund. »Eigentlich will sie nie was von Frauen wissen.«

Sarah streichelte den Hund. Der große schwarze Stein an ihrem Armband drehte sich zur Seite, und Adam griff nach ihrem Handgelenk, um ihn wieder zurückzuschieben.

Der Wind kühlte ihre schweißnassen Rücken schnell ab. Bedauernd sah Adam den tiefen Ausschnitt ihres T-Shirts wieder unter ihrem dicken Baumwollpulli verschwinden.

Sarah kam auf die Knie und zeigte nach Norden. »Und da ist also … nichts?«

»Da ist alles. Nur keine Menschen.« Als er merkte, wie beeindruckt sie war, erzählte er weiter. Davon, dass genau das ihn vor Jahren angelockt hätte.

»Mein Gott. Adam. Es ist einfach zu groß.« Es sei beängstigend, sagte sie. Sie konnte sich nicht vorstellen, dass jemand dorthin zog wie früher die Trapper, lange vor den Goldsuchern. Mutterseelenallein in die Wildnis des Nordens. Ohne jeden Weg, also auch ohne Weg zurück. Es war so leer, so gottverdammt, gottvergessen leer. Bis Whitehorse gab es noch kleine Städte, Dörfer, vereinzelte Bauernhöfe. Danach war Schluss.

»Dass es nur Forty Mile gibt und danach aufhört, das ist einfach ... unheimlich. Es ist so gewaltig, tausendmal eindrucksvoller, als ich es mir vorgestellt hatte, aber jetzt schreit alles in mir, dass ich lieber wieder runtergehen will, zurück in die kleine Stadt, um zu vergessen, wie groß hier alles ist.«

Adam zeigte in die Ferne. »Es hört nicht auf«, sagte er sanft. »Es wird schöner.« Er erzählte ihr, da wäre sehr wohl noch Leben, den ganzen weiten Weg bis zum nördlichen Polarmeer, in den wenigen Dörfern und Niederlassungen der Ersten Völker. Dort würden die letzten Musiker leben, die noch jene Musik spielten, für die er in den Norden gekommen war. Athabaskische Musik. Die Geigenlieder, die die ersten Trapper vor über hundert Jahren aus ihren irischen und schottischen Häusern und Herbergen mitgebracht hatten. Die Ureinwohner hätten die Lieder damals aufgeschnappt, und diese wären mit der Musik von hier verschmolzen.

»Im Rest der Welt sind die alten Lieder verschwunden, man spielt jetzt anders Geige, und die Tänze sind in Vergessenheit geraten, aber hier, hier lebt die Musik noch so weiter wie vor hundert Jahren.«

Sarah schaute von seinen Händen zum Horizont. »War das die Musik, die du gestern mit dem alten Mann gespielt hast?«

»Nein, gar nicht. Willy spielt alten Blues und Bluegrass, und keiner kann es besser als er. Er ist unglaublich. Er ist schon mit zwölf in Blueslokalen aufgetreten. Der Kerl atmet Musik, Sarah, er spielt im Schlaf. Lange bevor wir hergezogen sind, haben Jacob und ich uns seine Platten so oft angehört, bis sie nur noch knisterten. Aber das, was er spielt und wie er es spielt, hätte es nicht gegeben ohne das, was hier noch lebt. Die Musik, die wir gestern gespielt haben, ist zwar auch alt, aber irgendwo dort hinten sind Wurzeln lebendig, die noch älter sind.«

Er zeigte in die Ferne. »Die Trapper, die in den Norden gezogen sind, haben nur mitgenommen, was sie selber tragen konnten. Aber trotzdem haben einige ihre Geige hergeschleppt. Hunderte von Meilen tief ins Land. Und sie haben Musik mitgebracht, Lieder, die es sonst nirgends auf der Welt noch gibt. Nur hier, weil danach nie etwas anderes gekommen ist und sie deshalb nicht in Vergessenheit geraten konnten.«

»Aber was ist mit den vielen Goldsuchern, später?«

Er zuckte mit den Schultern. »Die sind nur bis Forty Mile gekommen, nie weiter. Das Land hier ist unbarmherzig, Sarah. Sie wollten überleben, um Gold zu finden, für sie gab es nie einen Grund, weiter nach Norden zu ziehen.« Adam lächelte ihr zu. »Ich habe am Royal

Conservatory in Toronto Geige studiert. Jahrelang acht Stunden am Tag geübt, manchmal noch länger. Die Musik hat mich genährt, sie hat mich erfüllt, mir alles gegeben, was ich glaubte zu brauchen. Bis ich auf einem Festival diesen alten Geigenspieler hörte. Er war gekommen, um die Interessen seines Volkes bei den ersten Gesprächen über Selbstverwaltung und Landforderungen zu vertreten. Ich war da, weil ich die Reden hören wollte. Und dann hat er gespielt. Es war, als ob er mein Herz aufreißen und in den tiefsten Tiefen meiner Seele wühlen würde. Nicht mal vier Wochen später habe ich das Konservatorium an den Nagel gehängt und bin hierhergezogen. Seiner Musik hinterher. Meine Eltern haben es nicht verstanden. Meine Lehrer noch viel weniger. Ich wünschte, ich wüsste, wie ich da hinkomme. *Das* erreiche.«

Sarah setzte ein paar Mal zum Sprechen an. Dann fragte sie, ob sie nicht lieber zu den anderen zurücksollten. Adam erhob sich und zog sie hoch. Als sie wieder stand, fiel ihm auf, wie viel größer er war. Hätte er den Kopf gebeugt, hätte er die Wange auf ihren Scheitel legen können.

Sie behielt seine Hand länger in der ihren als nötig.

10. Tanz

Die folgenden Tage vergingen wie im Flug. Da gab es viel Zeit allein, viele Spaziergänge am Wasser und an der Felswand. Die Wildheit von Forty Mile überraschte Sarah immer wieder. Die Kneipe war das Herz der Stadt, es schlug Tag und Nacht. Obwohl die meisten Einwohner arbeiteten, schienen sie immer Zeit zu haben, zu trinken und zu feiern. Straßenarbeiten, eine Anstellung in der Verwaltung, die Goldsuche, die in diesem frühen Frühjahr zaghaft wieder in Gang kam — anscheinend ließ sich alles mit Abenden und Nächten in der Kneipe verbinden.

Da gab es June, die einen Teil ihrer Tage mit Sarah verbrachte. Sie in ihren Jeep lud und mit ihr herumfuhr. Da gab es Jacob und Adam, die sie auf ihre Veranda einluden, wo die untergehende Sonne nachmittags schon die Bergwand hinterm Haus verfärbte. Da gab es Adam allein. Wenn Jacob abends loszog, um in der Kneipe mehr Bier zu holen, weil sie keins mehr hatten, wenn Muddy dringend rausmusste, wenn die Zigaretten aus waren. Einfach nur Adam. Und da gab es Mary, jeden Morgen und jeden Abend. Ihr schien es zu gefallen, dass sie Gesellschaft hatte. Da gab es das Bild in ihrem Zimmer, nach dem Sarah spätabends einmal gefragt hatte und über das Mary sagte, es sei eine lange Geschichte, für ein anderes Mal.

Eine knappe Woche später merkte Sarah, dass es Zeit wurde, nach Hause zu fahren. Ihr Kopf war leer und klar, obwohl sie der Entscheidung keinen Schritt nähergekommen war. Noch ein Abend, ein Auftritt von Adam und Jacob, und dann lag die Rückfahrt vor ihr. Die Fahrt, ihr Haus und ihre Arbeit.

An diesem Abend trank und tanzte Sarah mit, für sich allein und eins mit allen anderen. Mit zurückgelegtem Kopf, geschlossenen Augen, schwingenden Haaren. Der Rhythmus wurde immer aufpeitschender und das Stampfen von Jacobs und Adams Füßen im Takt der Musik brachte die Bühne zum Beben. Die vor dem Podium wogende Menge übernahm den Rhythmus, sie klatschte und stampfte.

Der Abend versank im Nebel. Adam spielte wie ein Besessener. Mitten in einem Mundharmonikasolo sah Sarah ihn aufspringen. Unter lauten Anfeuerungsrufen trat er näher und näher an den Rand der Bühne. Sarah klatschte und schrie mit den anderen. Er spielte weiter, ließ sich von der Bühne gleiten, kam zu ihr. Ohne Mikrofon spielte er mit derselben Leidenschaft weiter, seine Füße stampften immer noch im Takt. Sarahs Bewegungen folgten seiner Musik. Sie tanzten dicht zusammen, während die Menge weiter laut im Takt mitklatschte.

Mitten in der sich aufbauenden Melodie unterbrach Adam sein Spiel und steckte die Mundharmonika in die Hosentasche. Er ließ sie nicht aus den Augen, stampfte immer noch im Takt. Jacob spielte weiter, lauter als zuvor, ein Teil der tanzenden Menge übernahm singend den Mundharmonikapart.

Sarah hörte Jacob von der Bühne herunterrufen. »Old Adam, mach, dass du herkommst, Young Adam ist verliebt!« Unter lautem Gejohle wurde jemand zur Bühne geschoben, dort nahm er Adams Geige und stimmte erstaunlich schnell in das Spiel ein.

Ihre Körper im Rausch, die Musik, Adams Gesicht dicht vor ihrem. Sie tanzten Fuß an Fuß, Knie an Knie, Herz an Herz. Er legte ihr die Hand an die Hüfte. Sie schoben sich durch den warmen Wellenschlag der tanzenden Körper nach draußen, durch das Johlen, das Schulterklopfen und die Knöchel, die über Adams Kopf strichen.

Draußen war es kühler, die Tür schlug zu, brachte den Lärm und die Musik zum Schweigen. Die Hunde, die vor der Kneipe angeleint waren, bellten nicht, als die beiden vorbeiwankten. In der Gasse schmiegten sie sich wieder dicht aneinander. Sarah spürte ihren gehetzten Atem. Nun rückte Adam noch näher. Ihre Lippen fanden sich. Sie hielt sich an ihm fest, knapp über dem Hosenbund, und schob die Finger unter sein Hemd. Die zarte Haut eines Jungen, die Muskeln eines Mannes. Seine Hände auf ihrem Rücken, die Handflächen lagen auf den Schulterblättern, die Daumen bedenklich weit unter ihre Achseln geschoben, dann fuhr er an ihren Brüsten entlang nach unten, wo er ihre Taille umfasste. Für einen kurzen Moment gab es nur ihre Körper.

Dann drängten sich erste Bilder auf. Die Werkbank in ihrem Haus, die Hefte mit ihren Skizzen, die fertiggestellten Stücke, in Kartons verpackt und versandbereit, die Stadt, Ann. Zusammen mit den Bildern kehrte auch die Spannung zurück und umklammerte ihren Magen.

Mit den Händen gegen Adams Brust riss sie sich von ihm los. Als sie seinen erstaunten Blick sah, küsste sie ihn wieder. Beherrschter diesmal. Dann löste sie sich erneut aus seiner Umarmung. Nicht abrupt, aber sanft und entschieden.

Adam begleitete sie über die Straße zu Marys Haus. Auf der zweiten Stufe küsste sie ihn zur Nacht. So waren sie fast gleich groß. Ihr letzter Kuss war ruhiger. Nicht kühl, aber keuscher.

11. Aufbruch

Sie ließ den Dodge an, ein Klang, als würde sie nach Hause kommen. Sie wendete und fuhr langsam durch Forty Mile. Vor Jacobs Haus schaltete sie den Motor ab und stieg aus, schaute unentschlossen zur Tür. In der Straße war es noch still.

Am Morgen hatte sie alle ihre Sachen gepackt, ein letztes Mal das Tuch über der Staffelei angehoben und war dann zu Mary gegangen. Die hatte den Laden später geöffnet, damit sie noch zusammen frühstücken konnten. Mary forderte Sarah auf, sich Proviant für unterwegs auszusuchen, ließ sie aber nicht dafür bezahlen. Ein letztes Mal versuchte Sarah das Gespräch auf das Gemälde zu bringen. Mary wimmelte sie freundlich ab. Es fühlte sich nicht nach einem Abschied an.

Adam öffnete die Tür und kam mit um die Knöchel schlackernden Stiefeln zu ihr, lehnte sich an die Seitentür und zündete sich eine Zigarette an. Sarah schob ihre Füße zwischen seine, ihr Becken an seines. Er legte ihr die Hände locker auf die Schultern.

»So. Du fährst also.«

»Ja. Es ist Zeit.«

»Sehe ich dich wieder?« Er spielte mit einer Locke neben ihrem linken Ohr und blickte an ihr vorbei. Mit dem Finger fuhr er die Form ihres Ohrrings nach.

»Ja.« Sie nahm Stift und Papier vom Rücksitz, schrieb ihren Namen auf, gefolgt von ihrer Adresse in Vancouver und der Telefonnummer von Fran, ihrer Nachbarin.

Adam betrachtete lange Zeit das Blatt Papier. »Sarah Torun Aysgarth.« Er las es langsam, schüttelte lächelnd den Kopf. »Hast du dir den ausgedacht?«

Wieder ging die Tür auf und Jacob stand da, eine Plastiktüte in der Hand.

»Schön getanzt gestern Abend, *milady*, das kriegen wir hier nicht so oft zu sehen.« Er beugte sich zum Auto runter und sah durchs Seitenfenster. »Du hast ein Kassettendeck, oder?«

Dann gab er ihr die Tüte. »Für unterwegs, Willy Bowskills beste Platten. Damit der Schock bei der Rückkehr in die Wirklichkeit nicht so hart ist.«

Sie nahm die Tüte und umarmte ihn zum Abschied. Nach ein paar Schritten drehte er sich wieder um. »Vergiss nicht zurückzukommen, Sarah.«

Beim Auto küsste sie Adam zum Abschied. Er umarmte sie, seufzte.

»Sarah Torun Aysgarth. Komm gut und sicher an, schöne Frau. Und vergiss mich nicht so schnell.«

Sie nahm genau denselben Weg wie auf der Herfahrt. Es war ihr wichtig, in denselben Motels zu übernachten, bei denselben Tankstellen anzuhalten, an denselben Tischen zu sitzen. Sie folgte ihrer Spur zum Ausgangspunkt zurück, als würde sie nach einer wilden Nacht ein Kleidungsstück nach dem anderen vom Boden aufheben.

Erst als sie die Berge schon fünf Tage hinter sich gelassen hatte, rückte die Bebauung wieder näher an die Straße. Verstreute Bauernhöfe, Vorstädte und Shoppingmalls vereinten sich wie Tropfen zu einem Strom von Artefakten und Bauten, der über sie hinwegspülte und sie mit sich riss. Als sie sich der historischen Altstadt von Vancouver näherte, gab sie Gas, statt langsamer zu fahren. Sie fuhr zu dem Marktplatz, wo am meisten los war, stellte ihr Auto in die erstbeste Parklücke und stürzte sich ins Getümmel.

12. Hafen

Ihr Haus war eiskalt. Sarah sog den Duft ein, den sie sonst nicht riechen konnte. Ihr Zuhause. Sie drehte eine Runde durch die Zimmer. Immer noch im Mantel, wegen der Kälte die Hände reibend, kam sie in die Küche. Sie zündete den Kochofen mit Anmachholz an und wedelte und blies, bis das Feuer knisterte. Danach wollte sie im Kühlschrank nachschauen, ob sie noch etwas zu essen hatte. Beim Anblick der Kühlschranktür erstarrte sie vor Schreck.

Ann.

Oh, verdammt!

Die Ankündigung ihrer Vernissage hing mitten auf der Kühlschranktür. Sarah rechnete rasch nach. Eine Woche zu spät. Sie hatte Anns Vernissage verpasst. Die Scham schlug ihr wie ein Zweig ins Gesicht.

Ann. Die letzten drei Wochen hatte sie kaum an sie gedacht. Erst auf dem Rückweg hatte sie sich darauf gefreut, sie wiederzusehen. Reglos blieb sie vor dem Kühlschrank stehen, den Flyer in der Hand. Auf der ganzen Fahrt war da der Brief der Schmuckfirma gewesen, das Angebot und die Zweifel, ob sie diesen Weg einschlagen wollte. Und dann war da Forty Mile. Forty

Mile und Adam. Und Mary, natürlich, und Jacob und June. Sie warf einen Blick auf die Uhr. Halb zwölf. Viel zu spät, um noch bei Fran, ihrer alten Nachbarin, zu klingeln. Die hatte ein Telefon, das Sarah, wenn nötig, benutzen durfte.

Oh, verdammt!

Fran. Erneut brach die Scham über sie herein. Ihre Nachbarin hatte sich sicher wahnsinnige Sorgen gemacht. Sarah bat die alte Frau sonst immer, sich um die Post und die Pflanzen zu kümmern, wenn sie zu Ausstellungen, Interviews oder Schmuckshows fuhr.

Am nächsten Tag ging Sarah zur Galerie. Die lag in Coal Harbour, zwischen den Wohntürmen und den Industriebauten. Jetzt erst merkte sie, wie viel Stille es im Norden gegeben hatte. Wie viel Platz, wie viel Horizont. Der kalte Meerwind blies ihr die Haare ins Gesicht, Autos rasten vorbei. Sie hatte sich auf das Wiedersehen gefreut, jetzt wusste sie nicht mehr, wie sie sich fühlen sollte.

Ann war ihr schon am ersten Tag an der Akademie über den Weg gelaufen. Eine große junge Frau in unförmigen Kleidern, geradewegs aus der Provinz in die Großstadt katapultiert. Mit derselben Ausdauer, mit der sie sich ihrer Kunst widmete, hatte sie auch ihr Äußeres in Angriff genommen. Von Monat zu Monat stylte sie sich mehr. Sie entschied sich für die Druckwerkstatt, Sarah für die Silberschmiede. Sarah erkannte ihre eigene Verbissenheit in ihr. In den folgenden Jahren arbeiteten sie oft Seite an Seite. Fast jeden Tag waren sie die Letzten, die das Licht in den Ateliers löschten. Von den dunklen Gängen der Akademie aus zogen sie müde, stolz und zufrieden weiter in die Nacht. In diesem Nachtleben trafen sie Steve. Steve, Sänger einer der besten Punkbands der Stadt. Sarah war dabei, als er Ann aus dem Publikum auf die Bühne und in sein Leben holte. Das Paar war auch fast ein Jahrzehnt nach ihrem Studienabschluss immer noch eine der wenigen Konstanten in ihrem Leben.

Sarah ging am Kai entlang, bis sie da war. Sie stemmte sich gegen die großen Glastüren. Zuerst ging es nur unter Schwierigkeiten, doch dann blies der Hafenwind an ihr vorbei und die Türen öffneten sich mit einem Knall. Der Schlag hallte durch den Raum. Ein Unbekannter kam auf sie zu, Ann hinter ihm.

»Sarah!« Ann nickte dem Mann zu, er zog sich zurück.

Da stand Ann also. Sarah war fast einen Kopf kleiner als sie. Sie schaute zu ihr hoch, wollte sie umarmen, die Kälte durchbrechen.

Ann seufzte. Schien sich zusammenreißen zu müssen. »Komm mit.«

Sarah folgte ihr, sah sich in dem Raum um. Anns monumentale Werke füllten die Wände. Linolschnitte, Zeichnungen, ein großes Gemälde, das die ganze Wand einnahm und sich sogar an der Decke auffächerte. Am hinteren Ende war eine hohe Tür, die Ann öffnete. Ihr Arbeitsplatz für die nächsten Monate. Eine alte Fabrikhalle, weiß gestrichen und hell erleuchtet, übersät mit Leinwänden, Papier, Farben. Viel größer und heller als der Arbeitsraum, den sie sich mit Steve teilte.

Anns Hocker war der Staffelei hinter ihr zugewandt. Auf ihr war ein großes Blatt Papier. Mit Bleistift zeichnete sie flüchtige Konturen. Die rohen, groben Formen einer ersten Skizze. In ihren Strichen lag Wut.

Sarah trug einen Hocker neben ihren und setzte sich. »Ich habe einen Brief bekommen, Ann. Ein Angebot von Georg Jensen. Sie wollen meinen Schmuck rausbringen.«

Ann reagierte nicht. Sarah wartete kurz, dann holte sie tief Luft und sah zu, wie Ann weiterzeichnete.

»Ich habe ein Angebot bekommen, Ann, und ich denke darüber nach. Ich …«

»Tu das.« Es klang kühl.

»Ann, ich habe diesen Brief bekommen und denke mit gutem Grund ernsthaft darüber nach. Meine Reichweite wäre viel größer. Und neben der größeren Reichweite hätte ich viel mehr Zeit. Zeit für mich. Zeit für alles. Für alles, was nicht Arbeit ist. Ich wollte weg und darüber nachdenken und bin in den Norden. Nach Forty Mile …«

Sie ließ die Arme hängen. Forty Mile, Adam, Jacob, Mary, June … Plötzlich fühlte es sich an, als wäre das alles Lichtjahre entfernt. Sie verstummte. Es tat ihr in der Seele weh, Ann so kalt zu sehen. Aber so war es gewesen. Sie hatte sich in ihre eigene Welt verkrochen und war am Ende bei etwas Neuem gelandet. Alles, was zu Hause war, in Vancouver, schien unendlich weit weg. Keinen Moment hatte sie an Anns Vernissage gedacht.

Ann ließ ihren Bleistift fallen. Sie hob ihn nicht auf. Mit den Händen auf den Knien drehte sie sich auf ihrem Hocker zu Sarah um. »Sarah. Nach einer Woche habe ich mich auf die Suche nach dir gemacht. Ich bin über den Zaun gestiegen. Das Haus war dunkel, das Auto weg, die Spuren waren verschneit, also warst du schon seit Tagen fort. Ich habe geklingelt, bei deiner alten Nachbarin. Sie wusste von nichts und war völlig aufgelöst, als ich ihr gesagt habe, dass du weg bist. Ich habe alle angerufen. Die ganze Stadt abgeklappert.« Ann seufzte. »Ich habe sämtliche Krankenhäuser angerufen, danach die Polizei, ein Stadtviertel nach dem anderen. Städte in der Umgebung. Ich habe deine Mutter angerufen. Es hat Momente gegeben, da dachte ich, ich muss alles hinschmeißen, alles abblasen.«

Wieder schloss sich die Scham um Sarah wie eine Glasglocke, und ihre Wand war zu dick, um zu Ann durchzukommen.

Ann sah ihr in die Augen. »Wie lange kennen wir uns schon, Sarah? Zehn Jahre? Zwölf? Weißt du überhaupt, wie viele Freunde von dir in dieser Zeit an deinen Klippen zerschellt sind?«

Sie rührte sich nicht, konnte es nur über sich ergehen lassen.

»Manchmal bist du echt fucking Alaska.«

Nein. Nicht Ann. Nicht Ann.

Anns Stimme wurde lauter, schärfer. Sie redete immer weiter. Sarah wollte, dass es aufhörte. Sie wollte sich entschuldigen, wusste aber eigentlich nicht wofür.

»Und ich weiß, was jetzt kommt. Ich weiß genau, was du morgen machst, Sarah. Du ziehst dich in dein Haus zurück, Sarah, in dein Atelier, und da bleibst du, arbeitest und arbeitest, du vergisst zu essen, vergisst zu schlafen und vergisst zu denken. Und dann bist du wieder darüber hinweg. Tauchst wieder auf. Noch ein bisschen kälter als beim letzten Mal. Und glaubst, du wärst stärker geworden, reifer. Aber nein, du bist wieder mehr Arbeit und weniger Mensch.«

Sarah schluckte mühsam.

Ann drückte den Rücken durch und musterte sie lange. Ihre Stimme brach. »Vielleicht ist es bald wieder vorbei. Aber jetzt tut es gerade verdammt weh, dass du dir ganze drei Wochen lang kein einziges Mal die Mühe gemacht hast, dich zu melden.« Sie hob den Bleistift auf und zeichnete weiter, ohne sie noch eines Blickes zu würdigen.

Sarah ging langsam aus dem Atelier. Wieder betrachtete sie Anns Werke in der Galerie. Dann öffnete sie die Tür nach draußen und trat dem Meerwind entgegen. Während sie sich immer weiter von den Wohntürmen im Hafen entfernte, fiel ihr ein, was sie Ann gerade eben, im Atelier, bei ihrem Wiedersehen hatte erzählen wollen.

Über Forty Mile, über Adam. Über Jacob und Mary. Über June. Dass sie es geschafft hatte, eine ganze Woche lang. Dass sie es konnte. Nicht arbeiten. Leben.

II

1. Charles und Seamus

Vancouver / Forty Mile, Sommer 1982

Sarah hörte Mary am anderen Ende der Leitung schallend lachen. »Wenn du jetzt noch beim Arzt anrufst, hast du alle Telefone durch.«

Mary erzählte ihr, dass Adam am Morgen bereits aus der Kneipe gerannt gekommen war, um ihr die Ncuigkeit zu verkünden, dass Sarah auf der Suche nach ihm angerufen hätte, weil sie wieder herkommen wollte.

Zögernd begann Sarah, Mary von ihren Plänen zu erzählen. Dass sie wirklich zurückkommen wollte, Anfang August, für etwa drei Wochen. Je nachdem, wie es mit Adam lief, bräuchte sie vielleicht keinen Schlafplatz, aber sie wäre auf der Suche nach einem Ort, wo sie in Ruhe arbeiten könnte.

»Heißt das, du hast es geschafft, den Knoten zu lösen?«

Sarah schwieg.

»Du musstest doch etwas entscheiden, wegen deiner Arbeit?«

»Ja. Fast, ja.«

Am Tag ihrer Abfahrt klopfte Sarah bei Fran. Die nahm sie in die Arme und schleifte sie hinter sich ins Wohnzimmer. Das Haus ihrer Nachbarin war erfüllt vom süßlichen Geruch alter Menschen. Auf den Fensterbänken standen Hunderte Hängepflanzen, Sarah kraulte die Katzen, die ihr um die Beine strichen.

Mit laufendem Motor, die Hände am Steuer, blieb sie kurz darauf vor Anns und Steves Haus stehen. Sie schaute lange zum Fenster. Für einen Moment schien sich der Vorhang zu bewegen. Sie wartete. Es passierte nichts. Niemand zeigte sich am Fenster. Niemand öffnete die Tür. Langsam fuhr sie weiter.

Jacobs Kassetten nahmen ihren halben Musikkoffer in Beschlag, und sie hörte nichts anderes. Mehr noch als beim letzten Mal genoss sie die sich verändernde Landschaft, die an ihr vorüberzog. Die schwindende Bebauung, den weiter werdenden Horizont. Mit groben Strichen hatte der Sommer seine üppigen Farben hinzugefügt. Grün und Grau als Grundton auf Blättern und Gras, Gelb und Orange für das Moos, und die breite Farbpalette der Blumen. In der Ferne war alles bläulich, die Flüsse und Seen funkelten in der Sonne.

Die Aussicht, Adam wiederzusehen, versetzte sie in größere Aufregung, als sie für möglich gehalten hatte.

In Forty Mile war alles so, wie sie es sich vorgestellt hatte. Kaum parkte sie vor Marys Haus, wurde die Kneipentür aufgerissen und Adam trat heraus. Übers ganze Gesicht strahlend kam er auf sie zu. Ein Trommelwirbel in ihrer Brust. Er küsste sie voll auf den Mund.

Adam begleitete sie zu Marys Laden. Auf der obersten Stufe küsste er sie nochmals, lange und leidenschaftlich. Ihr Gesicht in seinen großen Händen. »Mann! Bin ich froh, dass du wieder da bist!«

Er riss die Ladentür auf. »Mary! Da ist sie. Sarah!«

An der Ladentheke sahen sich beide Frauen lächelnd an, ihr ruhiges Wiedersehen in scharfem Kontrast zu Adams Aufregung. Er küsste Sarah auf die Stirn und sagte, er werde gegenüber auf sie warten.

In der Küche sang der Wasserkessel. Schwanzwedelnd stand Frank neben Sarahs Stuhl.

»Was musst du fertigbekommen, bevor du wieder zurückfährst?«

»Eine Serie. Oder zumindest muss ich für eine große Schmuckfirma eine Vorstellung entwickeln, wie die Stücke aussehen könnten, die ich vielleicht für sie gestalte.«

»Ein bekannter Name?«

»Es gibt nur zwei oder drei Schmuckfirmen, die die meisten Menschen kennen. Diese gehört dazu.«

Mary schaute sie lange an. Dann nickte sie, schien sich aber nicht zu wundern. »Gut. Wieso hast du gezögert?« Sie nahm das kochende Wasser vom Herd und brachte es zurück an den Tisch.

»Arbeit für den Feind.« Sarah grinste. »Ich habe immer alles selbst gemacht. Jedes Stück ist von mir. Einer der Gründe, warum sich mein Schmuck so gut verkauft, ist, dass meine Herangehensweise der von großen Schmuckfirmen genau entgegengesetzt ist.« Sie seufzte. »Sie bieten mir an, so zu bleiben, wie ich bin. Fürs Erste stellen sie keine Bedingungen. Mein Werk soll weiter den Namen Torun tragen, ihr Name steht darüber. Meine Auflage wird ein Vielfaches höher. Das Publikum tausendmal größer. Werbung in Hochglanzmagazinen. Ich würde plötzlich viel mehr Menschen erreichen.« Sie zuckte mit den Schultern. »Noch fühlt es sich seltsam an. Es ist zu schnell gegangen. Wenn mir das je passiert, dachte ich, dann in zehn Jahren oder so. Es fühlt sich an, als hätte ich es nicht mehr in der Hand. Als wäre es gar keine freie Wahl, sondern als könnte ich nur noch zusehen, dass ich hinterherkomme.«

Mary schien nachzudenken. Eine halbe Tasse Kaffee später brach sie das Schweigen. Die Frauen vereinbarten, dass Sarah am nächsten Morgen wiederkommen und ihren Arbeitsplatz oben einrichten sollte. Es gab noch genug Zeit zu reden.

In der Kneipe erwartete Adam sie an einer Ecke der Theke. Sein Arm um sie, das Gejohle der anderen. Diese Welt war ihr fremd, trotzdem fühlte es sich an, als käme sie nach Hause. Als würde sie dazugehören, als wäre sie nicht länger allein.

Im Laufe des Abends kamen immer mehr Menschen. June. Die liebe June. Jacob. Andere bekannte Gesichter. June stellte Sarah zwei junge Männer vor. »Seamus und Charles, Zwillingsbrüder, Vollblut-Forty Miler und die geborenen Idioten.«

Sarah konnte sich vage erinnern, sie bei Adams und Jacobs letztem Auftritt gesehen zu haben. Charles grinste breit, als June ihm durch die Haare wuschelte.

»Der arme Jacob hat bei uns Asyl beantragt, damit ihr Turteltauben sein Bett für euch haben könnt.«

Sein Bruder sprang auf und läutete die Kupferglocke über der Theke, bestellte eine Runde für alle. »Adams Schatz ist da! Und sie ist soooo hübsch!«

Als der Barkeeper die Getränke brachte, stürzten sich die Zwillinge darauf und gaben June und Sarah je ein Glas. Dann übersiedelten alle zusammen an einen Tisch unweit der Theke.

»Die falsche Wahl, Sarah«, sagte Seamus, »die falsche Wahl. Wenn du schon einen aus dem Norden wolltest, hättest du Charles oder mich nehmen sollen.«

Charles nickte. »Die Einzigen hier in der Kneipe, die wirklich aus Forty Mile sind. Hier geboren und aufgewachsen.«

Sarah musste lachen. »Mary hat mir erzählt, dass hier keine Kinder gezeugt werden. Es ist also kein Ammenmärchen?«

Seamus hob das Glas. »So ist das. Nicht, weil wir keinen Sex haben, oh, nein. Den ganzen Winter gibt es hier nichts anderes zu tun außer trinken. Aber die, die hier geboren werden, sind alle woanders gezeugt worden.« Er zwinkerte ihr zu. »Wir zum Beispiel in Calgary. Unser Vater hat sich dort die Stampede angeschaut.« Seamus ballte die Fäuste, warf sich in die Brust. »Stark wie ein Stier aus dem Süden, gerissen wie ein Wolf aus dem Norden. Das Beste, was es gibt.«

Je später der Abend, desto deutlicher machte sich der Alkohol bemerkbar.

»Was hast du in nächster Zeit vor außer arbeiten, Sarah?«

Sarah legte Adam eine Hand auf den Oberschenkel. »Mal sehen, wie es läuft.«

Da mischte sich Seamus in die Unterhaltung. »Wie es läuft? Mensch, Adam, du hast dir schon was überlegt, will ich hoffen?«

»Es ist Sommer, ich habe frei, Jacob hat die nächsten Tage frei, ihr seid da, June ist da, wir werden sehen.«

»Oh, da weiß ich was!«, rief Charles. »Moose Creek! Adam, sie muss nach Moose Creek. Besser kann man einen Aufenthalt im Norden nicht beginnen.«

»Was ist Moose Creek?«

Alle Augen leuchteten auf.

»Eine Geisterstadt.«

Dem, was man ihr erzählte, entnahm Sarah, dass es die älteste Pioniersiedlung stromabwärts in Richtung Westen war. Ein alter Handelsposten aus dem vergangenen Jahrhundert, der nach dem ersten Goldfund in Forty Mile verlassen wurde.

Sie packte Adam am Arm. »Wie weit ist es von hier?«

Es blieb kurz still.

Dann lachte Seamus. »Da haben wir unseren Ausflug, Leute!«

Sie schaute Adam an. »Können wir hin?«

»Klar. Wenn die Straße einigermaßen in Schuss ist, kommt man mit dem Jeep hin. Oder im Boot. Es ist ganz schön weit weg, und man muss aufpassen, es gibt Stromschnellen und Bären.«

»Wie lange wären wir dann weg?«

Adam warf Jacob einen Blick zu. »Fünf Tage? Eine Woche?«

»Können wir los? Möglichst bald?«

Adam sah sich um. »Hey, eigentlich hat Seamus ja recht: Wir haben diesen Sommer noch nicht viel unternommen.«

Sie einigten sich auf sechs Tage. Sie, Adam und Jacob würden schon am nächsten Tag aufbrechen, in zwei Kanus. June, Charles und Seamus kämen vier Tage später im Jeep nach.

2. Windspiel

Sarah wachte auf, als sie Jacob schreien hörte. Sie spürte Adam an ihrem Rücken, sein Arm lag fest um ihre Taille. Sein Atem ging ruhig. Im Fluss stand Jacob, splitterfasernackt, sein Hintern lugte gerade noch heraus. Er spritzte sich mit Wasser voll, schrie jedes Mal, wenn das kalte Nass seine Brust traf. Das machte er an die zehn Mal, dann tauchte er unter und schwamm laut platschend bis zur Mitte des Flusses. Dort kletterte er auf einen großen Findling und sang aus voller Kehle ein Lied.

Well, I ain't gonna work on the railroad,
I ain't gonna work on the farm
Hey, I'll lay around the shack
Till the mail train comes back
And roll in my sweet baby's arms …

Muddy bellte. Sie hatte sich am Fußende von Adams Schlafsack aufgesetzt, bebte und hechelte und wartete nur darauf, zum Wasser rennen zu dürfen. Stöhnend erwachte Adam, rieb sich mit beiden Händen übers Gesicht und richtete sich auf. Er gab Sarah einen kitzeligen

Kuss in den Nacken. Dann sah er Jacob, der nackt im Wasser planschte. »Ah, mir scheint, ich hätte dich warnen sollen.«

»Vor einem nackten Mann auf nüchternen Magen? Ja, das hättest du ruhig tun können.«

Er lachte, küsste sie wieder in den Nacken, legte die Hand auf ihre linke Brust und streichelte sie.

»Verkraftest du noch einen?«

»Bleibt mir was anderes übrig?«

Er trabte ans Ufer, zog sich unterwegs aus. Muddy sprintete hinterher und sprang fröhlich bellend ins Wasser.

Sarah saß am erlöschenden Feuer, schlang die Arme um die Knie, stützte das Kinn auf und betrachtete die Szene. Zwei Männer, die mit jedem Untertauchen wacher und wilder wurden, bis sie schließlich Arm in Arm aus dem Wasser stiegen. Sie rubbelten sich mit ihren T-Shirts trocken und kamen auch zum Feuer. Sarah verjagte Muddy, als die sich ausgiebig neben ihr schütteln wollte.

Sie fachten das Feuer wieder an, kochten Kaffee. Die Pfanne vom Vorabend wurde ausgekratzt, und bald zischten Speck und Eier darin. Sarah durchwühlte ihre Taschen nach den Tellern vom gestrigen Abend. »Zieht euch was an, Jungs, nackte Pimmel beim Frühstück sind nichts für mich.«

Sie tranken Kaffee aus denselben Bechern, aus denen sie am Abend noch Whisky getrunken hatten.

Im Boot saß Adam wieder hinter ihr. Muddy stand vorne, wedelte mit dem Schwanz und brachte das Kanu jedes Mal fast zum Kentern, wenn sie fröhlich zu Jacob hinüberbellte. Nachdem sie ein Stück gepaddelt waren, war die Steifheit aus Sarahs Schultern verschwunden.

Gegen Abend stieg die Spannung. Auf der Karte hatte Sarah gesehen, dass es noch vier Flussbiegungen bis Moose Creek waren. Die Männer zischten sich zu, leise zu sein. Sie spitzte die Ohren und versuchte herauszufinden, weshalb.

Nach der vorletzten Kurve vor Moose Creek hörte sie es. Ein dumpfes Pochen und Poltern. Unregelmäßig, dazwischen schwang ab und zu metallisches Ticken mit. Dann beschrieb der Fluss zwischen zwei hohen Felsufern eine geschwungene Kurve. Sie sah eine sandige Bucht, krumm gewachsene Bäume am Rand. Auf dem letzten Felsen vor der Bucht wuchs eine massige Eiche, die Äste ragten weit über die Mitte des Flusses hinaus. An den Ästen baumelten Ketten und faustdicke Seile, daran hing ... alles Mögliche. Holzbalken, so dick wie vier Männerfäuste, rostige Werkzeuge, Schiffshaken, halbe durchgerostete Tonnen, Karabinerhaken von der Größe eines Eimers und schließlich ein gewaltiger Flaschenzug. All diese Dinge schwangen träge im Wind hin und her, stießen ab und zu aneinander. Tickend und pochend. Manchmal auch leise hallend. Die meisten Ketten und Seile waren leer. Die Dinge, die vorher an ihnen gehangen waren, lagen nun verloren im klaren Flusswasser, verrosteten und vergammelten. Ein befremdliches Schauspiel. Auf den ersten Blick unheimlich, auf den zweiten von einer poetischen Schönheit.

Sarah sah Jacobs erwartungsvollen Blick. Sie schaute über die Schulter zurück.

»Und?«, fragte Adam. Seine Augen leuchteten.

Sie sagte, was ihr gerade durch den Kopf ging. »Ein Windspiel für Riesen.«

Jacob paddelte an ihnen vorbei, unter dem Mobile hindurch, tippte mit dem Ruder an die Balken, an die er herankam. Das Poltern und Hallen schwoll an. Ein großer Stahlträger kam seinem Kopf gefährlich nahe. Er tauchte das Ruder tief ein und wirbelte das Wasser auf, als er das Kanu wendete, die Spitze in ihre Richtung drehte. »Meine Damen und Herren, Moose Creek!«

Hinter ihr paddelte Adam wieder. Sarah legte ihr Ruder in den Schoß, beobachtete, wie sie unter dem massigen Windspiel hindurchglitten. Erst dann bemerkte sie die paar windschiefen Hütten am Rand der Bucht. Etwas weiter weg, zwischen dem Krüppelholz am Ufer, standen größere Gebäude. Überwuchert, halb zerfallen. Bei einigen standen nur noch die Mauern. Ein verlassenes Dorf, überschwemmt von der Zeit und den Bäumen.

Sie legten an und zogen die Boote aus dem Wasser, warfen ihre Sachen zusammen in den Sand. Muddy schnupperte hier und da. Vom Strand aus betrachteten sie den Fluss und das Windspiel.

Adams Stimme neben ihr. »Wir müssen Sarah noch die Geschichte erzählen.« Damit stand er auf und räusperte sich theatralisch.

3. Rick und Mary

Er erzählte von einer Zeit, in der sie gerade erst geboren waren. Eine Zeit, in der Forty Mile keine hundert Bewohner mehr hatte. Der Goldpreis war im Keller, die leicht erreichbaren Adern schienen versiegt zu sein, Forty Mile war am Ende. Da gab es nichts mehr außer der Romantik vergangener Zeiten, den schönen Holzhäusern von damals, als man noch Geld scheffeln konnte, und der Verheißung vom Ende der Straße. Wer aussteigen wollte oder sich für eine Weile absetzen musste, der konnte nach Forty Mile gehen. Vorausgesetzt, er war hart im Nehmen und willens zu schuften wie ein Berserker. Wild und Fisch gab es genug, und mit den verbleibenden Goldadern ließ sich in den Sommermonaten ausreichend verdienen, um den Rest des Jahres davon zu leben.

»Einer von denen, die es noch in Forty Mile ausgehalten haben, war der gute alte Rick Calhoun. Ein stämmiger Rotschopf aus Oklahoma. Er konnte schuften wie ein Ochse und hatte Grips. Und ein gutes Herz. In Forty Mile war er bei Frauen und Männern gleich gern gesehen. Er wohnte abwechselnd in der Stadt und in seiner Blockhütte in der Wildnis. Unbezähmbar, hieß es. Aber dann kam Mary.«

»Unsere Mary«, unterbrach ihn Jacob.

»Unsere Mary«, bestätigte Adam. »Mary kam irgendwann Anfang der Fünfziger nach Forty Mile, Gott weiß warum, aber ich werde mich sicher nicht darüber beschweren. Sie machte was mit Kunst oder so.«

Sarah horchte auf. Das Bild im Gästezimmer.

Jacob klatschte in die Hände. »Tut nichts zur Sache. Romantik!«

»Eine Künstlerin also. Den guten alten Rick hat sie in der Kneipe kennengelernt, wie das hier so ist. Dann kam der Herbst und der verdammt kalte Anfang des kältesten Winters seit Menschengedenken. Der Strom war schon Mitte Oktober zugefroren. Rick schätzte Frauen, die was draufhatten, also lud er Mary in seine Hütte ein, weil er, und jetzt sperr die Ohren auf, ein Kunstwerk mit all dem Kram machen wollte, der da im Wald rumlag.«

Mit großen Gesten erklärte er, wie Rick aus der gigantischen Müllkippe, die der Goldrausch hinterlassen hatte, aus dem Stahl, dem Eisen und dem Holz, etwas Schönes machen wollte. Und weil Mary Künstlerin war, wollte er mit ihr darüber sprechen. Er bot an, seine Muskelkraft und Geschicklichkeit beizusteuern, während sie mit ihrer künstlerischen Ader die Gestaltung übernehmen sollte. Sie sollte die Zeichnungen anfertigen, dann würde er schmieden und schleppen und tischlern.

Als sie, nachdem sie sich seine Geschichte angehört hatte, in ihrem Pick-up nach Forty Mile zurückfahren wollte, war es so kalt geworden, dass ihre Batterie völlig eingefroren war. Mary konnte nicht weg.

»Also hat Rick, der schlaue Fuchs, sie mitsamt Akku wieder in seiner Hütte aufgenommen, und weil er sowieso heizen musste, backte er, während Marys Batterie auftaute, Schokoladen-Eclairs für sie.«

»Schokoladen-Eclairs.« Jacob schüttelte den Kopf. »Ich wünschte, ich hätte ihn gekannt.«

Adam wedelte mit dem Finger. »Jedes Wort ist wahr, Sarah, ein toller Typ. Na gut, eine halbe Stunde später war Schokolade auf der Batterie und Schmieröl auf den Eclairs und Mary lachte sich scheckig. Sie ist über Nacht bei Rick geblieben und danach den ganzen eiskalten Winter lang. Und im Frühling haben sie dann ihr Windspiel gebaut, und den Rest des Sommers hat Mary hier irgendwo in einer Hütte gemalt, während Rick fürs Essen sorgte. Im nächsten Winter hat sie dann den Laden vom Vorbesitzer übernommen, und seither ist sie bei uns in Forty Mile. Und Rick war bekehrt von der Wildnis. Amen.«

Sie folgten dem Lauf des Bächleins, das aus dem Wald zum Fluss strömte und nach dem die Niederlassung damals benannt worden war. Moose Creek. Alles in allem waren noch etwa ein Dutzend Häuser übrig oder vielmehr in den meisten Fällen nur noch die Reste der alten Mauern. Zwischen den verstreuten Ruinen lag derselbe Müll herum wie in der Umgebung von Forty Mile.

Alte Tonnen, Teile von Bootswracks und Goldbaggern und rostige Blechbüchsen. Plötzlich wirkte all das wie Puzzlestücke für das Windspiel.

Das einzige Haus mit intaktem Dach war der ehemalige Handelsposten. Jacob erzählte, dass hier, wie bei den meisten Siedlungen am Flussufer, als Erstes die Hütte eines Trappers stand, danach ein Handelsposten, um den herum allmählich eine Niederlassung wuchs. Moose Creek war nie ein befestigtes Fort gewesen, einfach, weil es nichts zu verteidigen gab. Das Verhältnis zu den Ureinwohnern war von Anfang an gut gewesen. Im Norden war viel zu holen, aber um zu überleben, war man damals auf ihr Wissen angewiesen.

Der ehemalige Handelsposten war windschief, aber die Mauern hielten noch einigermaßen stand. Innen war es völlig leer, selbst der große Kachelofen, mit dem es früher beheizt worden war, war verschwunden. Das Haus bot genügend Platz für sie und die drei anderen, die morgen nachkommen würden. Sie warfen die Schlafsäcke, Decken und Matten ins Haus. Vor der verfallenen Veranda legten sie eine Feuerstelle an. Wasser gab es reichlich: Der Moose Creek wurde von zahlreichen Quellen gespeist, die von den Felshängen zum Flüsschen hinunterplätscherten.

4. Schmieden

Sarah war die Einzige, die nicht an die kurzen Nächte und die frühe Dämmerung im Norden gewohnt war. Sie grub die Füße in den Sand. Die oberste Schicht strahlte noch die Kühle der Nacht aus, die tiefere die Wärme vom Vortag. Muddy hatte sie begleitet und sich in voller Länge ans Ufer gelegt. Sarah betrachtete die Kanus am Ufer, den Wellenschlag des Flusses und das langsam pendelnde Mobile.

Im alten Handelsposten wurden Geräusche laut. Jacob warf noch etwas Kleinholz auf das schwelende Feuer. Dann setzte er sich in der Unterhose neben sie in den Sand. Sie bot ihm ihre Trinkflasche voll Wasser an, er spülte sich die Nacht aus dem Mund. »Denkst du an Rick und Mary?«

»Hmm.«

»Ich wünschte, ich hätte ihn gekannt. Ich bin genau ein Jahr zu spät gekommen«, meinte Jacob.

»Zu spät?«

»Ein Bär.«

»O Gott!«

Sie bot ihm eine Zigarette an. Er kniff die Augen zusammen wegen des Rauchs. »Von allen Frauen, die ich in meinem Leben getroffen habe, ist keine so wie Mary. Wie sie von Rick erzählt … Er hatte sie verdient, so viel steht fest.« Er schüttelte den Kopf. »Was für ein Kerl … Auch das Windspiel ist unglaublich. Hast du die Balken gesehen?«

Zusammen schauten sie auf das träge schaukelnde Mobile.

»Siehst du den Flaschenzug da oben? Damit hat er alles hochgehievt«, sagte Sarah. Sie schnippte die Kippe weg und zeigte auf den Baum. Dann ging sie zum Wasser und machte ein paar Schritte hinein. Die Kälte biss sie in die Knöchel, der Flussboden war weich und glitschig. Jacob platschte an ihr vorbei, wühlte das Wasser auf. Dann blieben sie grübelnd im Fluss stehen.

»Wir könnten es reparieren, oder, das Mobile? Wenn Rick es allein geschafft hat, kriegen wir es zu dritt auch hin. Und außerdem sind wir ab morgen zu sechst.«

»Hm.« Jacob watete durchs Wasser und blickte hoch. »Der Haken ist total durchgerostet. Aber wir brauchen den Flaschenzug, sonst hält es der Baum nicht aus.« Sie gingen wieder an Land.

»Ich könnte einen neuen Haken schmieden.«

Verwirrt sah Jacob auf. Dann verstand er. »Stimmt, du bist ja Silberschmiedin!«

Wieder saßen sie am Ufer und musterten das Mobile. Jacob knuffte sie in die Schulter. »Komm, gehen wir Adam wecken.«

Den ganzen Tag bauten sie unter Sarahs Anleitung einen Schmiedeofen am Strand. Sie zeigte ihnen die Art Steine, die sie haben wollte, beschrieb die Gegenstände, die sie brauchte. Eine alte Mülltonne wurde in den Sand eingegraben, mit Steinwänden darunter und an den Seiten, um die Hitze besser zu halten. Theoretisch sollte die Hitze groß genug werden, wenn sie mindestens sechs Stunden anheizten.

Gegen Abend hatte das Feuer endlich die richtige Temperatur. Adam und Jacob standen hinter ihr. Um Hände und Handgelenke hatte Sarah sich Bänder aus Leder gewickelt, das sie in einer Hütte gefunden und in Streifen geschnitten hatte. Neben ihr, in einer ordentlichen Reihe, lagen die Werkzeuge, die sie den ganzen Tag zusammengesucht hatte.

Sarah arbeitete ruhig, in konstantem Tempo. Ab und zu gab sie einen kurzen Befehl. Das Wasserbecken sollte näher zu ihr, die glühenden Kohlen sollten geschürt werden, sie brauchte eine Zange. Die Hitze brannte auf ihren Wangen und sie fragte sich, ob die Lederbänder um ihre Hände stabil genug waren. Doch sie arbeitete konzentriert weiter und schmiedete aus einem gefundenen Brecheisen einen neuen Haken für den Flaschenzug. Ihre Arme brannten vor Anspannung, es war lange her, dass sie mit derart grobem Material gearbeitet hatte. Als sie schließlich den neu geformten Haken mit einem triumphierenden Lächeln zischend aus dem Wasserbecken holte, brachen Adam und Jacob in großen Jubel aus.

Zusammen gruben sie die größten abgestürzten Teile des Mobiles aus dem Flusssand. Dann war es Zeit, sie wieder in den Baum zu heben.

Sie standen bis zum Bauch im Wasser und hievten das erste schwere Teil aus dem Fluss. Jacob diktierte den Rhythmus, Adam und Sarah befolgten seine Anweisungen. Sie waren klatschnass. Als der Balken endlich weit genug oben war, hielten sie ihn mit einem Seil fest, während Jacob in den Baum kletterte und dann kopfüber, die Beine um einen Ast geschlungen, Ketten und Taue daranband. Anschließend wiederholten sie die ganze Prozedur. Das Seil verbrannte Sarah die Hände, in der Abendsonne roch sie den Schweiß auf der Haut der Männer, den Fluss. Mehrmals rutschte ihnen der Strick weg, sie stießen planschend zusammen. Drei erhitzte Gesichter, ihre Armmuskeln bis zum Äußersten angespannt.

Im letzten Tageslicht betrachteten sie zufrieden das Mobile. Ein Eintopf köchelte auf dem Feuer und Adam fing an, die Teller zu füllen. Als er Sarah den ersten geben wollte, stolperte er. Jacob konnte ihn gerade noch auffangen, doch Adam stieß mit dem Knie gegen den Kessel und der kippte in Sarahs Richtung. Reflexhaft versuchte sie, ihn aufzufangen. Zuerst höllische Schmerzen, dann Panik.

Ihre rechte Hand.

Sie rannte zum Fluss und hielt fluchend die verbrannte Hand ins Wasser. Adam folgte ihr. Sarah keuchte, sie musste die Zähne zusammenbeißen. Schließlich schaute sie ihre Hand an, atmete scharf ein. Weiße Brandblasen an drei Fingerkuppen, ein breiter, feuerroter Streifen quer über die Handfläche. Sie fluchte aus tiefster Seele und tauchte ihre Hand wieder ins kalte Wasser. Nach einer Weile drehte sie sich um, sah Adam an und verzog den Mund zu einem schiefen Lächeln. »Entschuldige. Bei meinen Händen werde ich schnell panisch.«

Jacob lief zum Handelsposten und kam mit seinem Verbandkasten zurück. Er durchsuchte ihn, kniete sich dann neben Sarah. »Zeig mal her, Mädchen.«

Adam saß blass daneben, wie ein geprügelter Hund. »Sarah … Es tut mir leid, ich wollte …«

Sie machte eine abwehrende Handbewegung, setzte sich wieder ans Feuer, sagte, sie hätte Hunger. »Es war ein Unfall, Adam. Mach dir nichts draus.«

Jacob, der witzelnd Sarahs Hand desinfizierte und verband, Sarah, die langsam wieder lachen konnte. Der Schaden wurde begutachtet. Alles in allem hatte sie Glück gehabt. Daumen und Zeigefinger waren unverletzt, damit konnte sie noch arbeiten.

Still baumelte das Mobile über der Wasseroberfläche. Der Himmel verfärbte sich zu einem immer tieferen Orange. Der Moment, in dem die Sonne verschwand und alle Farben aufsaugte, blieb aus. Hier ging sie nach dem dunkelsten Orange einfach in helleren Tönen wieder auf.

5. Ausflug

Sie erwachte von den Schmerzen in ihrer Hand und von Adams Nase in ihrem Haar. Er folgte mit dem Finger der Linie ihres Halses, nahm den Träger ihres Tops und ließ ihn von der Schulter gleiten. Sie drehte sich auf den Rücken, griff nach seiner Hand und legte sie sich auf die Brust. Ihre Hände strichen über seine Oberschenkel. Wegen Jacobs Atem neben ihnen unterdrückte Adam sein Stöhnen.

Er flüsterte ihr ins Ohr. »Sarah Torun Aysgarth, wenn ich noch eine Nacht neben dir liegen muss, ohne zu vögeln, werde ich wahnsinnig.«

Statt einer Antwort biss sie ihn in den Hals. Er fluchte, und Sarah schaute hoch.

Jacob lag einen halben Meter neben ihnen und sah verschlafen zu. Er grinste. »Lasst euch nicht stören, lasst euch nur nicht stören.«

Adam fluchte erneut, nahm Sarah fest in die Arme, zog sie auf seinen Bauch und stieß sich ab, bis sie zusammen wegkullerten. Ein Knäuel aus Beinen, Armen und Schlafsack. Am Ende blieb er liegen, sie auf ihm, ihre Scham an seinem Schritt, während sie sich über ihn beugte und ihre Haare wie einen Baldachin über sein

Gesicht ausbreitete.

»Wir finden schon noch ein ruhiges Fleckchen, versprochen.«

Er stöhnte unzufrieden, als sie von ihm abstieg. Gähnend ging sie zur Tür, zupfte unterwegs ihren Slip zurecht. Als sie an Jacob vorbeikam, trat sie ihn kurz gegen das Schienbein.

Beim Frühstück verkündete Adam, er wolle gern mit Sarah weiterziehen. Zu Fuß, für zwei Tage. Heute würden Seamus, Charles und June in Moose Creek erwartet, also bliebe Jacob nicht lange allein.

Sie nahmen die Karte und schätzten Entfernungen ab. Jacob deutete auf eine Stelle, wo eine Hütte sein sollte, etwa fünf Stunden zu Fuß von Moose Creek entfernt. Eine Jagdhütte an einem Bergbach, neben einem Wasserfall.

Muddy drängte sich zwischen Sarah und Adam und leckte übermütig Sarahs Gesicht.

»Geht Muddy mit?«

»Bloß nicht.«

6. Hütte

Schweigend kletterten sie am Bergbach entlang hinauf. Sarah ein paar Meter vorneweg, den Daumen der rechten Hand in einen Riemen ihres Rucksacks eingehakt, damit ihre Brandwunden nicht anfingen zu pochen. Nachdem er erst alle paar Schritte gefragt hatte, ob es auszuhalten wäre, hatte sie sich zu ihm umgedreht und gesagt, es tue verdammt weh und das würde sich nicht so schnell ändern, aber so wäre das nun mal.

Also folgte er dem Rhythmus ihrer Schritte. Er beobachtete ihren schaukelnden Rucksack und die hin und her schwingende Wasserflasche. Ihre Waden waren mit Schlammspritzern gesprenkelt, und nach einer Weile auch mit Kratzern von den Brombeeren und anderen Sträuchern, an denen sie vorbeikamen. Ab und zu machte sie Pause, sah sich um, und beide tranken einen Schluck Wasser. Nirgends war ein Pfad zu sehen, doch sie wussten, wo die Hütte in etwa liegen sollte, und der Bach war ein deutlicher Wegweiser. Zwischen den niedrigen Kiefern und Birken war der Fluss unten immer noch zu sehen.

Nach ein paar Stunden trug der Wind ab und zu Gelächter und Rufe die Bergflanke herauf. June, Charles und Seamus waren angekommen. Morgen würden sie ihre Rückkehr erwarten.

Als Sarah und Adam ihrer Schätzung nach etwa auf halbem Weg waren, machten sie eine längere Ruhepause. Adam legte sich auf den Rücken. Sarah schmiegte sich wohlig an ihn, ihren Kopf auf seinem Bauch. Er zupfte ihr Flusen aus dem Haar. Nach dem stundenlangen schweigsamen Anstieg unterhielten sie sich jetzt. Er fragte, was für eine Arbeit sie eigentlich in Forty Mile bei Mary fertigstellen wollte.

Forschend sah sie ihn an. »Wenn ich nach Vancouver zurückfahre, unterzeichne ich meinen ersten Vertrag bei einem großen Auftraggeber. Ich will versuchen, etwas für ein breites Publikum zu entwerfen, ohne meine eigene Vision aufzugeben.« Sie hob ihre verbundene Hand hoch. »Daher meine Panik, gestern.«

»Und das ist, was du willst?«

»Das muss ich noch rausfinden. Jedenfalls ist es etwas Neues. Normalerweise entwickle ich meine Entwürfe beim Schmieden. Und jetzt soll ich nur noch zeichnen.« Sie drehte sich auf den Bauch, stützte den Kopf in die Hände. »Wie fändest du das, wenn du von einem Tag zum anderen plötzlich ein viel größeres Publikum erreichen könntest?«

»Mit meiner Musik?«

»Mit deiner Musik. Deinem Bluegrass, deinen Athabasken.«

Er lächelte. Sie wusste es also noch.

»Ein Plattenvertrag. Auftritte in großen Städten. Keine Ahnung.«

Er schnaubte. »Jeder Musiker will spielen. Geld mit dem verdienen, was er am liebsten macht. Unglaublich gut darin sein. Ist das bei dir anders?«

»Nein. Aber bei meinem Publikum ist es nicht so wie bei deinem. Da gibt es keine Interaktion. Jedenfalls nicht, während der Schmuck entsteht. Beim Arbeiten muss ich mir mein Publikum vorstellen. Ich mache meine Stücke für Frauen wie mich, meine Mutter, meine Freundin Ann. Frauen wie Mary. Ich will, dass sie den Schmuck nur für sich tragen. Nicht, weil er teuer ist oder weil sie ihn von einem Mann geschenkt bekommen haben. Ich will, dass sie ihn tragen, um auszudrücken, wer sie sind, wie sie sind. Auch beim Holzhacken. Ich mache ihn für sie, ohne dass sie es wissen. Weil mein Schmuck sie schöner machen kann, glücklicher.« Sie rupfte eine Handvoll Gras aus und zwirbelte die Halme zu einem langen Strang. Grub dann beim Reden nach Steinchen, wog ab, webte sie in den Strang. »Bisher habe ich mir mein Publikum selbst ausgesucht, einfach durch die Art von Objekten, die ich mache. Genauso wie du dir dein Publikum aussuchst, indem du eine bestimmte Art Musik spielst.«

»Was ist denn der Unterschied zwischen einem großen und einem kleinen Publikum?«

»Bei einem kleinen Publikum büßt du deine künstlerische Integrität nicht ein. Glaube ich.«

»Aber bei diesem Auftraggeber wäre das der Fall?«

Sarah lachte. »Deren Vorstellung von Schmuck ist das Gegenteil von meiner. Ich finde es widerlich, wie sie mit angeblich wertvollen Materialien protzen. Aber sie geben mir diese Chance. Die Chance, mehr Menschen zu erreichen. Mehr Resonanz zu bekommen. Bei Mary will ich versuchen, etwas zu entwerfen, das für beide Seiten funktioniert, für mich und für sie.«

Sie schwangen sich die Rucksäcke wieder auf ihre feuchten Rücken und zogen weiter. Eine Stunde später bekamen sie allmählich Hunger. Die Hütte konnte nicht mehr weit sein. Jacob hatte vom Strand aus in ihre Richtung gezeigt. Sie müsste irgendwo auf diesem Bergkamm sein, in einem breiten Dreieck unter einem hervorstehenden Felsen. Der Wald verdichtete sich, die Stämme wurden dicker, es war weniger überschaubar. Der Fluss unten blieb für längere Zeit außer Sicht. Adam zweifelte allmählich daran, ob er sich an dem richtigen spitzen Felsen orientierte. Seit der Wald dichter geworden war, sang er, für sie beide. Gegen die Bären, hatte er behauptet. Aber er wusste, dass er gegen den Zweifel sang.

Und dann, endlich, rief Sarah: »Adam, die Hütte!«

Sie blieben nebeneinander stehen, schauten. Eine Blockhütte aus soliden Baumstämmen, zwischen dem Grün und neben einem kleinen Wasserfall. Die Fenster und die Tür vor Bären gesichert. Hinter einem Damm etwas weiter weg im Bergbach war ein kleiner Tümpel, das ausgewaschene Ufer deutete darauf hin, dass er schon vor langer Zeit entstanden war. Schräg hinter der Hütte stand am Hang ein kleiner Vorratsschuppen auf Stelzen. Alles wirkte alt und verwittert, war jedoch intakt. Wären da nicht die zugenagelten Fenster gewesen, hätte die Hütte sogar bewohnt ausgesehen.

Nachdem sie alle Haken aus den Ösen geruckelt hatten, ließ sich die Tür leicht öffnen. Die vermeintlich zugenagelten Fenster waren einfach Holzläden, die mit etwas Anstrengung auch wieder aufgingen. Fenster aus dünnem Glas. Eine Spüle in der Ecke, ein Tisch und zwei Hocker, ein Kanonenofen aus einem alten Güllefass, ein Stuhl aus unbehandeltem Holz. Hinten an der Wand ein Bett in einem Alkoven. Sarah stach mit dem Finger hinein. Die Matratze raschelte. Stroh in Leinen. »Toll!«

Adam legte den Rucksack ab, zog die Schuhe aus. Ließ sich als Erster der Länge nach aufs Bett fallen, sah zu ihr. Sah, wie sie stehen blieb und ein Kleidungsstück nach dem anderen zu Boden fallen ließ, bis sie nackt, nur mit ihrem Schmuck und diesem verdammten Verband, vor ihm stand. Zart und zäh zugleich. Er schnappte nach Luft, als sie auf ihn zukam, sich auf ihn legte, ihre Schenkel an seine schmiegte. Fliegender Atem, Fingerkuppen und Nägel auf glühender Haut. Überall, überall ihr Geruch und ihr Geschmack. Seine Hände an ihrem

Hintern, ihr Becken an seinen Lenden. Gejagter Atem wurde zu einem Ausruf wurde zu einem Schrei.

Keuchend schaute er sie an. »Sarah Torun Aysgarth. Verdammt noch mal!«

Sie lachte, rollte sich von ihm herunter. »Komm.«

Seine Schenkel zitterten, als sie im Licht der Türöffnung verschwand. Er folgte ihr.

Geradewegs, arglos, stieg sie ins eiskalte Wasser.

7. Rauch

Beim Sex waren die pochenden Schmerzen in ihrer Hand verschwunden gewesen, doch nun kamen sie mit voller Wucht zurück. Der kalte Bergbach verschaffte ihr Erleichterung. Sie wickelte die schmutzige Bandage ab. Dann ließ sie sich im Strudel des Wasserfalls wegtreiben, zu Adam, der nicht weit von ihr im Tümpel lag und sie musterte. Sein Körper unter der Wasseroberfläche. Verzerrt, zweifarbig. Hals und Arme braungebrannt, Oberkörper und Beine blass. Sie schwamm auf seinen Mund zu, als Adam sich plötzlich im Wasser hinkniete. Seine Augen und die Nasenflügel weiteten sich. Sarah folgte seinem Blick Richtung Hütte.

Dort saß ein Mann im Schneidersitz vor der Tür, rauchte. Der Zigarettenrauch waberte nun auch zu ihr. Ruhig sah er sie an, die Augen leicht zusammengekniffen wegen der Sonne. Sie schaute zwischen dem Unbekannten und Adam hin und her. Der war wie erstarrt geblieben, schien den Mann aber zu erkennen. Adam nickte ihr beruhigend zu und stieg aus dem Wasser. Nackt, ohne Scham, aber plötzlich viel jungenhafter.

Die Hände halb vor dem Schritt ging er auf den Mann zu. »Walker«, begrüßte er ihn.

Der musterte ihn eine Weile nachdenklich. »Du bist einer der jungen Musiker aus Forty Mile.«

»Adam.«

»Young Adam, richtig.«

Der Blick des Mannes kehrte zu Sarah zurück, die immer noch im Wasser war. Adam schien zu zweifeln. Ihre Kleidung lag in der Hütte, hinter dem Mann. Wenn Adam hineinging, um sie zu holen, würde der zwischen ihnen sitzen. Sie beschloss, ihm die Entscheidung abzunehmen, kletterte an Land, lächelte ihn ruhig an.

Dann ging sie auf den Fremden zu, nickte und stellte sich vor: »Sarah.«

Ein anziehender Mann. Wilde dunkle Locken, durchzogen von grauen und weißen Strähnen. Ein verwittertes, faltiges Gesicht und ein dunkler Bart. Er musterte sie ungeniert, nickte dann ebenfalls. »Walker.«

Seine Stimme passte zu seinem Aussehen. Dunkel, tief und ein bisschen rau. Er rutschte zur Seite, um sie in die Hütte zu lassen. Im Vorbeigehen roch sie seinen Geruch. Tierhaft, herb.

In der Hütte lag ein toter Hase auf dem Tisch. Neben einem der Hocker war eine verschlissene Ledertasche. Am Tischbein lehnte ein Jagdgewehr.

Angezogen ging sie wieder an dem Mann vorbei nach draußen, mit Adams Kleidung im Arm. Adam rubbelte sich mit seinem T-Shirt trocken.

»Die Hütte gehört Walker«, erklärte er, während er in die Hose schlüpfte. »Wir sind hier in seinem Revier.

Er hat eine der längsten Fallenstrecken im Norden, von der Mündung des Moose Creek meilenweit in die Berge. Alles Wild entlang dieser Route gehört ihm, er darf hier als Einziger jagen.«

Sarah betrachtete den Mann, ohne etwas zu sagen.

»Ich bin gekommen, um die Hütte in Ordnung zu bringen und die Vorräte aufzufüllen«, sagte Walker und erhob sich rasch. »Ihr bleibt hier. Ich bereite den Hasen zu, wir essen zusammen und dann breche ich auf.« Er ging hinein. Adam zwinkerte ihr zu.

»Zeigt mal, was ihr Essbares dabeihabt«, kam es aus der Hütte.

Während Adam und Sarah ihr bisschen mitgebrachtes Gemüse im Wasser abspülten, hängte Walker den Hasen an einen der vielen Haken auf der Vorderseite der Blockhütte. Vom Ufer des Bergbachs aus sah sie ihn das Messer aus dem Gürtel holen und das Tier mit wenigen Hieben häuten und ausnehmen. Dann ging er ruhig nach drinnen, kam mit einer alten Kohlenschaufel zurück, schabte die Eingeweide und das Fell aus dem Sand und verschwand damit zwischen den Bäumen. Sarah warf Adam einen Blick zu. Der strahlte.

»Du kennst ihn.«

»Er ist nur selten in Forty Mile.« Adam spülte sein Messer im Wasser ab. »Aber so wie er wären wir alle gerne.«

Walkers Schritte näherten sich wieder.

Routiniert machte er Feuer, schnitt den Hasen in Stücke und spießte sie auf, während er das Gemüse in einem Topf voll Wasser in die Flammen stellte. Aus seiner Ledertasche holte er eine Schachtel Kräuter. Seine Bewegungen waren präzise. Als der Hase briet und das Gemüse köchelte, griff er nach seinem Flachmann, trank ein paar Schlucke und bot ihn Sarah an. Automatisch nahm sie ihn in die rechte Hand, verzog das Gesicht.

Walker packte ihren Arm und musterte die Handinnenseite. Wieder dieser Geruch. Er haftete an seiner Haut, seinem Haar, seiner Kleidung. Seine Hände waren breit und rau.

»Gerade erst passiert?«

»Gestern Abend«, antwortete sie.

Seine Augen waren jungenhaft klar zwischen den vielen Falten. Genauso abrupt, wie er nach ihrem Arm gegriffen hatte, ließ er ihn wieder los. Er stand auf und entfernte sich vom Feuer, ging zum Vorratsschuppen. Geschickt kletterte er hinauf und verschwand durch die Luke.

Als er zum Feuer zurückkam, hatte er Salbe und einen sauberen Verband bei sich. Wieder griff er nach Sarahs Handgelenk, schraubte den Flachmann mit den Zähnen auf. Er goss einen Schuss auf die Wunde. Brennende Schmerzen durchzuckten ihre Hand, ein stechender Geruch stieg ihr in die Nase. Whisky. Sie gab sich Mühe, ihr Ächzen zu unterdrücken.

»Schade drum«, brachte sie heraus.

Er schaute sie an, seine Augen lachten. Geübt trug er die Salbe auf. Sie sah scheußlich aus, roch aber nicht unangenehm. Nach Kräutern. Mit wenigen Umdrehungen war der frische Verband fachmännisch um ihre Hand gewickelt. Sie bewegte die Finger. Es fühlte sich gut an. Zum zweiten Mal bot er ihr den Flachmann an. Sie trank einen Schluck. Er beobachtete sie unentwegt, während ihr die Tränen in die Augen schossen. Sie prostete ihm zu, trank noch einen Schluck und reichte dann Adam die Flasche weiter. Wenig später machten sie sich heißhungrig über den Hasen her.

»Gehört ihr zu der Gruppe, die in Moose Creek ist?«

»Ja«, sagte Adam, »bist du da auch gewesen?«

Walker lachte heiser. »Die sind meilenweit zu hören.«

»Wir haben Ricks und Marys Windspiel repariert«, rutschte es Adam heraus, seine Hände und sein Bart trieften noch vom Fett des Hasen.

Walkers Augen verengten sich kurz. Bedächtig nagte er einen Knochen ab. »Aha. Warum?«

»Weil wir Sarah von Rick und Mary erzählt haben. Sie fand die Geschichte toll, hat vorgeschlagen, einen neuen Flaschenzug zu schmieden. Das hat geklappt. Mit dem haben wir alles wieder hochgehievt.«

»Wer von euch kann schmieden?«

Adam zeigte auf Sarah. Walker sah erst ihre Arme an und dann ihre Hand.

»Das war vom Suppenkessel«, schleuderte sie ihm defensiv entgegen.

Walker lachte. Dann wischte er sich die Hände an der Hose ab, stand auf. »So.«

»Wo … Wohin gehst du?«, fragte Adam.

»Zur nächsten Hütte. Es bleibt noch lange genug hell.« Walker verschwand kurz im Inneren und kam mit der Ledertasche über der Schulter zurück, das Jagdgewehr hielt er in der Hand. Am Feuer lehnte er die Büchse an sein Bein, drehte sich eine Zigarette und zündete sie mit einem brennenden Zweig an. Er schien kurz zu zögern. Fragte es dann doch.

»Wie geht es Marion, da in Forty Mile?«

Adam schaute verständnislos. »Marion?«

»Mary«, sagte Sarah verstohlen, und Adam sah sie überrascht an. »Gut, glaube ich. Sie ist stark. Ruhig.«

»Sarah hat bei Mary übernachtet, jetzt darf sie ihr Arbeitszimmer benutzen«, fügte Adam rasch hinzu.

Walker musterte Sarah eine Weile, dann nickte er. »Grüße sie von mir. Die Salbe kannst du behalten.« Ohne ein weiteres Wort drehte er sich um und schritt mit federndem Gang in den Wald.

Nach einer Weile brach Adam das Schweigen. »*Marion*?«

Wortlos zuckte Sarah mit den Schultern.

8. Wrack

Erst am späten Nachmittag stand die Sonne so tief, dass erste Schatten auf den Hang fielen. Adam genoss die zurückgekehrte Kühle. Die Felsen strahlten noch die Hitze des Tages aus, die Luft roch nach Beeren und würzigem Moos.

Seit dem Vormittag waren sie wieder auf dem Weg nach unten, zurück nach Moose Creek. Sarah und er waren abwechselnd vorne gegangen, aber auch nebeneinander, wenn der Pfad es zuließ.

Bei Moose Creek kam ihnen Muddy bellend entgegen. Adam rieb ihr kräftig die Flanken. Dann spielten sie eine Weile zusammen.

Kurze Zeit später sah er in den Augen der anderen sein eigenes Glück. Jacob hielt ihn fest und drückte ihm die Luft aus der Lunge.

»Diese Sarah.« Sein Freund musterte ihn hochzufrieden.

»Diese Sarah«, antwortete er.

Für einen winzigen Moment kam ein Bild hoch, das Adam längst verdrängt glaubte. Vergangenen Winter, in einem Zimmer über der Kneipe. Der tiefste

Tiefpunkt. An jenem Morgen war Jacob vorbeigekommen. Vielleicht war er schon öfter da gewesen und Adam hatte es nicht registriert. Es dauerte eine Weile, bis er auf Jacobs Rufe und das Rütteln reagieren konnte. Er musste seine ganze Kraft zusammennehmen, um sich im Bett umzudrehen. Jacob ließ frische Luft herein, blieb am offenen Fenster stehen. Adam focht einen unmenschlichen Kampf gegen seine Übelkeit und versuchte verzweifelt, sie vor Jacob zu verbergen. Für einen Moment gelang es ihm, seine zitternden Hände unter die Decke zu schieben. Doch dann fing auch der Rest seines Körpers an zu beben und er bemühte sich nicht einmal mehr, es zu vertuschen, als er sich ein großes Glas Gin einschenkte. Keuchend kippte er es hinunter, betete, dass der Alkohol schnell Wirkung zeigte. Der Gesichtsausdruck seines Freundes schwankte zwischen Entsetzen, Ekel und Mitgefühl. Jacob blieb sitzen, bis das schlimmste Zittern vorbei war, und ging dann nach unten, um etwas zu essen für Adam zu holen. Er sagte kein Wort. Seitdem hatte Adam jeden Abend einen Teller warmes Essen vor der Tür gefunden.

Er sah, wie June Sarah überschwänglich umarmte und sie hinter sich her zum Fluss lotste. Die Frauen blieben lange auf dem Anleger sitzen und unterhielten sich, Adam musste sie zweimal zum Abendessen rufen, bevor sie ihn hörten. Am Feuer aßen sie dann zusammen die

Forellen, die die vier anderen im Lauf des Tages gefangen hatten. Adam schlang die letzten Reste hinunter.

»Wir haben Walker gesehen! Er hat mit uns gegessen und ist dann weitergezogen.«

»Er hat mit euch gegessen?« Charles schaute zu Sarah. »Bei dir machen wohl alle eine Ausnahme, oder?«, fragte er schließlich.

Die Zwillinge erzählten, was sie von ihrem Vater über Walker erfahren hatten. Dass er der Enkel von Antoine Boudreaux war, einem der wenigen, die in Forty Mile beim Goldrausch reich geworden waren.

Ein kluger Mann, dieser Antoine, und genauso menschenscheu wie sein Enkel. Er kam zu spät für die reichen Claims, merkte aber bald, dass auch die Goldsucher eine gute Einkommensquelle waren. Alle brauchten Fleisch und Pelze, und er war ein begabter Jäger.

Sein gutes Verhältnis zu den Ureinwohnern war ihm auch von Nutzen, als er seine Fallenstrecke anlegte. Solange sein Revier weit genug von dem ihren entfernt blieb, ließen sie ihn machen. Im Gegenzug ließ er ihre Herden in Ruhe. Und wenn nötig, halfen sie ihm sogar, wie auch er sich in Zeiten der Not ihnen gegenüber großzügig erwies.

Innerhalb weniger Winter besaß er das größte Revier im Norden. Auf dem Höhepunkt des Goldrauschs jagten acht Mann für ihn und stellten Fallen auf. Als der Goldstrom nach wenigen Jahren versiegte und anderswo leichter zugängliche Adern gefunden wurden, zogen die meisten wieder weg. Forty Mile leerte sich wie eine Wanne, aus der der Stöpsel gezogen wurde. Und Walkers Großvater kehrte als reicher Mann in seine Heimat zurück. Was er dort machte, erfuhr nie jemand, doch er kam weiterhin jeden zweiten Winter zurück, später zusammen mit seinem Sohn Jean, um seine Fallenstrecke instandzuhalten. Jean blieb schließlich im Norden, und mit ihm sein Sohn Walker.

»Hat Walker auch einen Nachfolger?«

Charles grinste. »Nur wenige Männer hier haben mehr Chancen gehabt, einen Sohn zu bekommen, als Walker. Aber nein, so viel wir wissen, hat er nie ein Kind gezeugt.«

June sah Sarah neugierig an. »Wie war er so?«

Plötzlich lagen alle Blicke auf Sarah.

»Na ja … Männlich. Oder vielleicht eher wie ein wildes Tier. Aber nicht unangenehm. Warum?«

Charles lachte. »Walker lässt sich nicht oft in Forty Mile blicken, aber alle wissen, wer er ist. Er ist für alle Männer ein Vorbild, und alle Frauen wollen mit ihm ins Bett. Es heißt, er hätte mit jeder Frau hier im Norden geschlafen.«

»Er läuft also hinter jedem Rock her?«

»Das nicht, er kommt nicht sehr oft in die Stadt, obwohl er gern gesehen ist. Er scheint einfach nur unwiderstehlich zu sein, wenn er dich mal allein in seiner Nähe hat.«

Sarah zündete sich eine Zigarette an. »Das kann ich verstehen, glaube ich.«

Adam knuffte sie. »Hey!«

Grinsend wandte sie sich an June. »Hast du mal mit ihm gevögelt?«

»Nein. Bestimmt war ich ihm nicht nah genug.« June lachte. »Oder ich bin zu jung für ihn. Er ist an die sechzig, oder?«

»Aber June, Schätzchen, du würdest doch bestimmt alles darum geben, mit ihm in die Kiste zu hüpfen, oder?«, rief Seamus.

Wieder lachte sie. »Alles sicher nicht. Aber von der Bettkante schubsen würde ich ihn auch nicht gerade. Glaube ich.«

Charles nahm einen kräftigen Schluck aus der Whiskyflasche, die Jacob ihm in die Hand gedrückt hatte, und gab sie weiter. »Du lernst den Norden wirklich von seiner besten Seite kennen, Sarah. Im Sommer ist es herrlich. Dann ist Forty Mile ein verdammt guter Ort zum Leben. Aber die Winter, die sind die absolute Härte ... Wir haben hier schon eine Menge Männer abstürzen sehen.«

Charles erzählte, wie es häufig ablief. Der Lockruf des Nordens, das trügerische Vertrauen in das eigene Können, die Scham, dann der Alkohol, der die Oberhand gewann. Jobs fand man immer, gute Jobs nur selten. Im Norden zu leben war teuer, nur die Stärksten schafften das. Er würde diejenigen, die wider Erwarten plötzlich Selbsterkenntnis an den Tag legten, durchaus bewundern. Die heimlich packten, ihre Koffer in den Pick-up warfen. Die Briefe bei Mary zurückließen, für die anderen. Dafür hätten alle Verständnis. Er schüttelte den Kopf. Sah Sarah an, prostete ihr zu. »Der Norden ist verflucht verführerisch.«

»Und wer verfällt ihm als Nächstes?«, fragte Sarah fröhlich.

Schweigen machte sich breit.

Adam warf ihr einen Blick zu und breitete theatralisch die Arme aus. »Ich, meine liebe, schöne Sarah, bin das nächste Opfer.« Er sagte es scherzend, um die plötzliche Schwere des Gesprächs zu brechen. »Ich lasse mir mit Vergnügen den Hof machen.«

»Spar dir die Witze, Adam«, schnauzte Jacob in unerwartet hartem Ton. »Damit kommst du bei mir nicht durch. Jetzt ist der Winter weit weg, aber ich sehe dich mit jedem Jahr tiefer sinken.« Verärgert schnippte er seine frisch angezündete Zigarette weg. Die anderen schwiegen. Hinter ihnen drehte Muddy seine Runden ums Lagerfeuer.

»Mann, du weißt, dass ich dich verdammt gernhabe, aber alles hat seine Grenzen. Wie weit willst du es eigentlich noch kommen lassen?« Jacobs Stimme war wütend und flehend zugleich. »Bild dir doch nicht ein, dass du noch irgendwann zu diesem alten Geigenspieler gehst. Man muss schon einer wie Walker sein, um sich dort oben etwas aufzubauen. Ein achtjähriges Kind könnte da mehr ausrichten als du, Adam. Es ist eine dämliche Selbsttäuschung. Du bist nicht für den Norden gemacht. Hör auf Willy Bowskill und nimm den erstbesten Studioauftrag an, den er dir beschaffen kann. Und dann geh, Adam, geh bitte endlich nach Süden.«

Jacob legte einen Ast ins Feuer. Wandte sich wieder Adam zu. »Es gibt hier keinen, mit dem ich lieber zusammen bin als mit dir, Adam. Aber auch ich schaffe das nicht mehr. Auf lange Sicht gehe ich hier weg. Vielleicht schon diesen Herbst. Charles und Seamus sind hier geboren und können hier für den Rest ihres Lebens was auf die Beine stellen. Ich nicht. Meine Zeit hier wird immer die aufregendste Zeit meines Lebens bleiben, und Forty Mile der Ort, an den ich zurückwill, aber ich kann nicht hierbleiben. Ich will nicht bis zu meinem vierzigsten Lebensjahr Holz für andere Leute hacken, Blockhütten für sie bauen, Gold wiegen, das mir nicht gehört. Ich will ein eigenes Haus haben, einen Bauernhof, Kinder, ich will unterrichten, mir irgendwo etwas aufbauen. Etwas bewegen. Das kann ich hier nicht.«

Adam öffnete die zusammengepressten Lippen. »Du hast doch ein Haus.«

Jacob seufzte. »Ja. Ich habe ein Haus. Und ich will es auch behalten. Weil ich hierher zurückkommen möchte. Aber ich kann nicht das ganze Jahr hier leben, Adam. Nicht mehr. Ich muss die Möglichkeit haben, von hier wegzugehen. Und manchmal zurückkommen. Und dann will ich dich hier auch wiedersehen. Dich in Höchstform. Und kein kaputt gesoffenes Wrack.« Jetzt klang seine Stimme sanfter. »Ich habe es satt zu sehen, wie der Norden dich langsam zugrunde richtet. Ich wünschte, du würdest das auch einsehen.«

Adam sagte nichts mehr. In ihm wirbelten Wut und Scham durcheinander. Während Jacobs Attacke war Sarah still neben ihm sitzen geblieben.

»Tut mir leid, Sarah«, sagte Jacob. »Ich hoffe, du weißt, wie gern ich diesen Idioten habe. Er ist der beste Mann, den ich kenne, und ich bin überglücklich, dass du ihn dir an Land gezogen hast. Ich will nur, dass er endlich das tut, was er richtig gut kann, wofür er geboren ist. Und das kann er hier nicht.«

Jacob baute sich vor ihm auf und streckte ihm die Hand entgegen. Adam ergriff sie und zog sich hoch. Sie standen sich gegenüber, vor den Flammen, ihre Gesichter lagen im Dunkeln. Adam war viel größer als Jacob, aber Jacob stand viel stabiler. Ruhig und gelassen wartete er.

»Und was soll mein Schatz jetzt von mir denken?«

Sie lachten. Jacob packte Adams Schulter, schüttelte ihn durch. Dann führte er ihn weg vom Feuer, zum Anleger. Schwanzwedelnd lief ihnen Muddy hinterher.

»Hey, ihr Waschweiber!«, rief Seamus. »Ich glaube,

den braucht ihr nötiger als wir.« Er wartete, bis sich die beiden zu ihm umgedreht hatten, und warf ihnen dann die Whiskyflasche zu.

9. Schiff

Es war ein guter Sommer. Mary war schon eine Weile mitsamt dem Bärenfell in den Sessel auf der Veranda hinterm Haus gezogen und las dort jeden Abend, bis ihre Augen müde wurden oder sie in Gedanken versank. Etwa drei Tage nach Sarahs Aufbruch zum Moose Creek merkte Mary, dass sie sich auf deren Rückkehr freute. Mit leiser Wehmut dachte sie an ihre ersten Sommer im Norden zurück.

Nach einer Woche kamen alle wieder, braungebrannt und wild. Hungrig und glücklich. An diesem Abend saß Sarah neben ihr auf der Veranda. Mit einem Glas Wein und einem Buch in der Hand schauten beide in den Sommer, der nicht enden wollte. Sarah erzählte. Von Moose Creek. Davon, dass Jacob die Geschichte von Mary und Rick erzählt hatte, von dem Mobile, das sie repariert hatten.

Mary war schon viele Jahre nicht mehr in Moose Creek gewesen. Bei der Vorstellung, dass die junge Bande Ricks Werk repariert hatte, ging ihr das Herz auf und blutete zugleich. Der erste gemeinsame Sommer. Es schien länger her zu sein als ein Menschenleben.

»Eine passende Huldigung für euch, fanden wir.«

Sie sah die junge Frau neben sich an, ihr traten Tränen in die Augen. Gerade, als sie wieder zu ihrem Buch greifen wollte, holte Sarah tief Luft und setzte zögerlich zu einem Satz an.

»Wenn ich Adam richtig verstanden habe, warst du Künstlerin, bevor du hergekommen bist. Er sagte, du hättest einen Sommer lang in Moose Creek gemalt. Nachdem Rick das Mobile gebaut hatte.«

»Ja, das stimmt, ich war Künstlerin. In einem anderen Leben.«

»Marion?«

Sie musterte Sarah lange Zeit. Vorsichtig war sie, die Kleine. Ließ sie deutlich spüren, dass sie nicht zu antworten brauchte.

Mary nickte, bestätigte es. »Marion Goodwin. Woher weißt du das?«

»Es stand in einem Buch. Und auf einer Schachtel im Schrank oben. Und Walker hat dich so genannt. Ich soll dich von ihm grüßen.«

»Walker?« Hatte Sarah Walker gesehen? Sie rutschte in ihrem Sessel herum.

»Adam und ich sind zusammen weitergezogen. Zu einer Hütte neben einem Wasserfall, dort wollten wir schlafen. Und dann war er plötzlich da. Für die Jungs hier scheint er ja eine Art Gott zu sein.«

Mary lachte leise. »Er hat was Mythisches, ja.« Sie ging hinein, holte eine neue Flasche Wein. In der Küche hielt sie inne, legte die Hände auf die Arbeitsplatte. Rick und sie und der Sommer damals in Moose Creek. Walker. Langsam entkorkte sie die Flasche.

Dann sammelte sie ihre Gedanken, raffte sie zusammen wie Röcke und kehrte zurück nach draußen. Sie schenkte beide Gläser voll, erzählte, während Sarah ihr lauschte.

Dass sie, vor langer Zeit, Malerin gewesen war. Und ihre Kunst war wie ein Boot für sie. Zuerst eine hübsche kleine Jolle, die sie an unerwartete Orte brachte. Dass sie langsam wuchs. Größer wurde. Dass aus dem leisen Wind eine beständige Brise wurde, aus der Jolle ein Schoner. Gegen Ende eher eine Galeone unter vollen Segeln im Sturmwind, über die sie keinerlei Kontrolle mehr hatte und die drohte, jeden Moment an den Klippen zu zerschellen.

Sie war etwa so alt wie Sarah, als sie zum ersten Mal in den Norden kam. Aus demselben Grund wie sie, um zu entscheiden, ob sie auf dem Kurs, den ihre Arbeit vorgab, bleiben wollte. Beim ersten Mal hatte sie viel geschwiegen, war viel herumgezogen. Und dann, auf einer ihrer Touren, traf sie plötzlich Walker. Sie verbrachte den Rest des Sommers mit ihm. Weit weg von der Stadt, in seiner Blockhütte. Er brachte ihr bei, zu jagen, sie schwiegen gemeinsam. Einen Sommermonat lang teilten sie ihr Leben miteinander, ihre Körper und ihre Nahrung. Ihre junge, unbändige Lust und die Wildheit des Nordens. Da hatte sie begriffen, dass sie wegkonnte. Dass sie nicht das Schiff war. Dass sie abmustern konnte. Still und leise verschwinden, das Schiff ohne sie zerschellen lassen. Sie war nach Quebec zurückgekehrt und hatte die ersten Knoten gelöst.

Ein Jahr später war sie im Herbst nach Norden zurückgekehrt, um eine Entscheidung zu treffen. Der Norden selbst zog sie an, sie hätte nie damit gerechnet, Walker wiederzusehen. Der ging seinen eigenen wilden Weg. Und dann war da Rick gewesen. Rick Calhoun. Und mit einem Mal war es möglich, einen Neuanfang zu machen. Der erste Herbst damals, als sie sich in ihn verliebte. Der erste Winter. Gefolgt vom Frühling in Moose Creek, in dem er das Windspiel baute. Für sie war es keine Liebeserklärung, obwohl es ihre Liebe damals schon gab. Es war das Symbol seines Triumphs. Weil sie bei ihm an Land gegangen war.

Im folgenden Sommer hatte sie an dem Werk gearbeitet, das von dem Schiff, das ihre Kunst war, bleiben sollte. Marion Goodwins Treibholz, das angespült werden würde, zum Abschied für diejenigen, die am anderen Ufer zurückblieben. Dann erst, im Sommer in Moose Creek, merkte sie, dass Walker und Rick zusammengehörten. Aber erst durch Rick war sie zu Mary geworden. Mary Calhoun. Seiner Mary Calhoun. Und mein Gott, wie gern sie das gewesen war. Walker war der Letzte, für den sie noch Marion war.

Danach blieb es lange still.

»Wie hört man auf, etwas zu tun, was man schon immer getan hat?«, fragte Sarah. »Hast du nie mehr gemalt?«

Mary dachte eine Weile nach. »Als mir klar wurde, dass meine Kunst nicht gezwungenermaßen über mich bestimmen musste, wurde sie kleiner, unwichtiger. Bis dahin hatte es sich angefühlt, als wären wir dasselbe. Eins und unteilbar. Dabei war meine Kunst etwas, was ich machte.« Sie zuckte mit den Schultern. »Der Drang und der Hunger waren weg. Es hat sich nie wie eine Leere angefühlt.« Sie stand auf, drückte den Rücken durch und lehnte sich ans Geländer. »Mein Werk wurde leichter, nicht mehr so mit Bedeutung aufgeladen. Im Laufe der Jahre hat die Notwendigkeit mehr und mehr abgenommen. Das Bild oben im Arbeitszimmer ist das letzte, das ich gemalt habe, nach Ricks Tod. Ich habe es nicht zu Ende gemalt und werde es auch nie tun. Es ist nicht mehr nötig.«

»Tut es dir leid?«

Auf diese Frage war Mary gefasst. Sie setzte sich wieder in den Sessel neben Sarah, strich abwesend über das Bärenfell. »Nein.« Sie wusste selbst, wie resigniert es klang. Wusste aber auch, dass es stimmte. »Ich hätte gerne Kinder gehabt. Rick auch. Das ist das Einzige, was mir leidtut.«

In den folgenden Tagen kam Sarah morgens zu ihr zum Kaffeetrinken, verzog sich danach bis zum späten Nachmittag in das Zimmer oben. Ab und zu hörte Mary sie rastlos auf und ab gehen, die Treppe hinuntertrampeln. Sah sie in Richtung Fluss verschwinden. Ein paar Stunden später kam sie zurück, die Taschen voller klappernder Flusssteine. Ruhiger.

III

1. Freeze-up

Forty Mile, November 1982

Diesmal hatte Jacob Ernst gemacht. Nach dem Sommer war er zu Mary gegangen und hatte den ganzen Tag herumtelefoniert. Gegen Abend traf Adam beide auf Marys Veranda, sie feierten Jacobs Abschied mit einer Flasche Wein und Marys famosem Kanincheneintopf. In einem Jahr würde Jacob sein Lehrerexamen machen, und dann begann der Rest seines Lebens. Er wollte dort hinziehen, wo er eine Stelle als Lehrer finden würde. Aber die Sommer wollte er weiter in Forty Mile verbringen.

Seit er weg war, telefonierte er ab und zu mit Mary und schickte Adam gelegentlich eine Ladung Blues- und Bluegrass-Kassetten aus der Großstadt. Bei ihrem Abschied hatten sie nicht viele Worte gemacht. Beide wussten, was der andere dachte.

Auf den Schultern einen Rucksack, den er kaum tragen konnte, in der Hand eine Tasche mit Decken und zu seinen Füßen die gegen die Wand gelehnte Geige, schloss Adam Jacobs Haustür ab. Die Kälte biss ihn in die Wangen. Seamus hatte versprochen, in den kommenden Wochen für Muddy zu sorgen.

Adam stieg durch den knöcheltiefen Schnee auf den Verandastufen hinunter zur Straße. Von hier aus waren es sieben Blöcke bis zum Ufer des Stroms. Über sieben aus Holz gezimmerte Wege, auf denen es sich in der Stille so angenehm gehen ließ. Der sanft singende Aufprall seiner Fersen auf den schwebenden Holzplanken. Im Wechsel mit dem Knirschen des Schnees, wenn er die Straße überquerte.

Schon von Weitem hörte er das Stimmengewirr und die Musik am Ufer. Er überlegte kurz, doch noch in der Kneipe vorbeizuschauen. Ein letztes Gläschen zu trinken. Entschied sich aber, auf direktem Weg zum Strom zu gehen. Alle waren sowieso schon dort.

Heute setzte die Fähre zum letzten Mal über. Schon seit Tagen trieben Eisschollen vorbei, und die Eisschicht am Rand wuchs immer weiter. Wochenlang würde der Strom noch in Bewegung bleiben, ein kontinuierlich sich veränderndes Schauspiel gefrierender Eisschollen mit einer gefährlichen Unterströmung. Bis er schließlich knirschend und schabend in den Winterschlaf fiel und immer tiefer gefror, zu einer unveränderlichen Eislandschaft wurde. Dann erst wäre der Kontakt zwischen beiden Ufern wieder möglich, würde der erste Draufgänger die Eisschollen betreten. Danach die Hundeschlitten. Im Winter würde eine Straße über das

Eis entstehen und das gewohnte Leben wieder seinen Lauf nehmen.

Jetzt war es Zeit für den Abschied. Der *freeze-up* zog sich schon wochenlang hin, der Fluss wollte einfach nicht gefrieren. Manchmal dauerte es nicht einmal einen Monat, in anderen Jahren war es nach acht Wochen immer noch nicht so weit. Währenddessen waren die wenigen Bewohner am Nordufer des breiten Stroms von der Außenwelt abgeschnitten.

Die kleine Gemeinschaft, die auf dieser Seite wohnte, wartete schon am Ufer. Einige von ihnen würden gleich in die letzte Fähre steigen, um den *freeze-up* im Warmen und Geborgenen in Forty Mile auszusitzen, bangend, wie ihr Haus wohl durch das raue Winterwetter käme.

Am Südufer wartete die ganze Bevölkerung von Forty Mile darauf, sie willkommen zu heißen und den paar Leuten, die ans Nordufer übersetzen wollten, hinterherzuwinken. Ladungen voller Lebensmittel und Getränke warteten darauf, verschifft zu werden.

Mit nur acht Passagieren an Bord legten sie ab. Fünf von ihnen wohnten ständig auf der anderen Seite, sie hatten letzte Besorgungen in Forty Mile gemacht. Zwei weitere würden, wie Adam, das Gefrieren des Flusses am Nordufer erleben und die Häuser und Hunde anderer Leute hüten.

Die Überfahrt dauerte an die zwanzig Minuten. Adams Schultern brannten vom vielen Schulterklopfen und von den rauen Umarmungen zum Abschied. Sein Rucksack war noch schwerer geworden von den Flaschen, die man ihm in alle Spalten und Ritzen gestopft hatte. Er war nervös und gleichzeitig außer sich vor Freude.

Vor ein paar Wochen hatte Mary ihn beiseitegenommen. Sie machte sich Sorgen um den alten Willy Bowskill, weil der sich dieses Jahr weigerte, den *freeze-up* in der Stadt auszusitzen. Sie sah darin ein Zeichen für Lebensmüdigkeit und machte sich Sorgen. Willy war immer das Paradebeispiel eines lebenstauglichen Säufers gewesen: kräftig trinken, um dem Norden und der Dunkelheit die Spitze abzubrechen, sich aber gleichzeitig am Riemen reißen zu können, um den rauen Bedingungen standzuhalten. Letzteres gelang immer weniger gut, merkte Mary. Sie schlug Adam vor, dieses Jahr die Übergangszeit bei Willy zu verbringen, in seinem Haus an der Bergflanke am anderen Ufer. Geld wäre dort nicht zu holen, aber ein paar Lebenslektionen. Und Musik.

Am anderen Ufer angekommen, erkannte Adam den alten Willy Bowskill auf Anhieb. Er stand ein Stück abseits, das lange weiße Haar und der Bart wehten im eisigen Wind. Er war mit einem Hundeschlitten gekommen. Einem kleinen. Auf den würden sie niemals zu zweit passen. Nicht mit seinem vielen Gepäck, nicht mit der Alkohollieferung, die Willy sich mit ziemlicher Sicherheit bestellt hatte. Eine bunte Mischung, die Bewohner des Nordufers. Sie waren rauer als die Leute in Forty Mile, Eigenbrötler und Idealisten. Alle auf einem Haufen, einsam in der Wildnis.

»Young Adam.« Willy begrüßte ihn von Weitem.

»Willy!«

Adam stapfte durch den Schnee zu ihm, stellte den Geigenkoffer ab und fragte, ob er noch etwas von der Fähre haben wollte.

Das Ganze passte tatsächlich kaum auf den Hundeschlitten. Willy musste mehrmals umpacken, bis die gesamte Last, ein anderthalb Meter hoher Stapel, endlich stabil gehalten wurde. Es sah bleischwer aus. Aufgepeitscht von den Gespannen der anderen Schlitten trappelten seine Hunde vor Ungeduld. Willy führte sie den Weg hinauf, folgte ihnen in einem gemächlichen, stetigen Tempo, unendlich langsam, schien es. Eine Stunde später behielt der alte Mann immer noch dasselbe Tempo bei, aber Adam kam ihm kaum noch hinterher.

Er war ein einziges Mal in Willys Hütte gewesen, im Spätsommer, kurz nachdem Sarah abgereist war. Willy hatte damals über Mary ausrichten lassen, ein alter Freund aus Nashville sei zu Besuch. Er glaube, Adam könnte der Richtige für ihn sein. Adam war rasch in seine Schuhe geschlüpft und gleich darauf in seinem Pick-up zur Fähre gerast. Erst am anderen Ufer hatte er gemerkt, dass er seine Geige vergessen hatte.

Der Weg, den er damals hochgefahren war, kam ihm jetzt tausendmal länger vor. Aber er würde nicht klagen. Er würde nicht klagen. Er würde nicht klagen. Über einen Monat mit Willy in einer kleinen Blockhütte zu verbringen, drohte in mancher Hinsicht zur Hölle zu werden, doch als Bluegrass-Musiker konnte es gar keine bessere Schule für ihn geben. Also würde er nicht klagen.

Sein Plan war, Willy so viel wie möglich von seinem harten Tagwerk abzunehmen. Holz hacken, Wasser auftauen, die schweren Schneelasten vom Dach räumen, Wege durch den Schnee freischippen. In den erhöhten Vorratsschuppen klettern und Fleisch, Käse und andere Lebensmittel holen.

Am ersten Morgen wachte Adam in einem Sessel auf, und es dauerte einen Moment, bis ihm aufging, wo er sich befand. Willy schlurfte in einem schmuddeligen Flanell-Overall an ihm vorbei und schürte das Feuer im Ofen, das die ganze Nacht über geschwelt hatte. Die Glut vertiefte die Furchen in seinem Gesicht. Schwer atmend stellte der Alte einen Wasserkessel auf den Ofen und machte sich daran, in der Pfanne daneben Eier und ein großes Stück Speck zu braten. Tappte dann zum Schrank neben dem Sessel und schenkte sich einen Whisky Soda ein, setzte das Glas an die Lippen und kippte es runter. Seine Hände zitterten viel mehr als gestern. Erst als das Glas halb leer war, bemerkte er Adam in seinem Sessel.

»Ha. Young Adam. Richtig.« Mit dem Glas in der Hand tappte er zurück in die kleine Küche und schnitt ein zweites Stück Speck ab, legte es zischend neben das erste.

Adam versuchte, sich an den Tagesablauf des Alten anzupassen. Whisky zum Frühstück wurde zu einer lieben Gewohnheit. Im Laufe des Tages stiegen beide auf Bier um. Um wach zu bleiben, klar im Kopf, wenn nötig. Die Tage wurden immer kürzer. In den wenigen verbleibenden Stunden Helligkeit schafften sie es gerade, alles zu erledigen, was nötig war, um ihr Überleben und das der Hunde zu sichern. Ab und zu entfernten sie sich ein Stück vom Haus, gingen zu dem Felsen, von dem aus man den Strom sehen konnte. In der Mitte der Eisfläche war immer noch ein Rinnsal, das sich weigerte zu gefrieren. Nach drei Wochen schien es sogar, als würde das widerspenstige Rinnsal wieder breiter werden. Adam versuchte, sich Willys ergebene Haltung anzueignen.

Die Musik brachte sie durch die Tage. Willy war Gitarrist, konnte aber auch sagenhaft gut Geige spielen, und Adam hoffte, er könnte da eines Tages mithalten. Der Alte griff zu unregelmäßigen Zeiten nach den Instrumenten. Um dafür zu sorgen, dass er ausreichend aß, orientierte sich Adam an seinem eigenen Hunger, doch oft fiel es ihm schwer, sich aus der Trance der Musik zu reißen. Alles in allem spielte der Alte mindestens sechs

Stunden am Tag. Er sprach kaum. Sein Blick und seine Akkorde waren zwingend genug, um Adam begreiflich zu machen, was von seiner Geige erwartet wurde.

Wenn die Sonne seit Stunden untergegangen war und Willy immer müder wurde und betrunken, kramte er Platten heraus und sie hörten zusammen alte Aufnahmen. Auch dann sagte Willy vieles, fast ohne Worte. Ein gekrümmter Finger, der plötzlich in die Luft schoss, der Kopf, der etwas weiter in den Nacken gelegt wurde, ein Fuß, der lauter im Takt stampfte.

Bis zu seinem Sechzigsten war Willy nicht nur Studiomusiker gewesen, sondern auch auf Tour, das wusste Adam. In den Wochen, die er bei ihm verbrachte, begriff er, dass Willy dieses Gleichgewicht geliebt hatte: das nüchterne, harte Leben im Norden, wo es für ihn nur die Musik und seine Frau gab, und im Gegensatz dazu die wilden, aufregenden Tourneen im Süden. Die pulsierenden Städte, die heißen Nächte. Eines Tages, als er von einer Tournee zurückkam, war seine Frau krank. Sie hatte auf ihn gewartet, um zu sterben. Seither blieb er im Norden. Er vermisste das Touren nicht. Wenn man zu nichts zurückkehren konnte, gab es auch keinen Grund mehr wegzufahren.

Nach vier Wochen waren die Biervorräte besorgniserregend geschrumpft, darauf machte Willy ihn aufmerksam. Ab diesem Tag wurde rationiert. Immer noch Whisky zum Frühstück und zum Abschluss des Tages. Das Bier beim Arbeiten und beim Musikmachen tagsüber wurde gestrichen. Adam sah Willys Hände täglich mehr zittern. Sah ihn nervöser werden. Merkte, dass sein Ton barscher wurde. Er hörte auch, wie viel schärfer er spielte. Wie viel schneller. Mit wie viel mehr Heftigkeit er nach den alten Schallplatten griff, Adam in den Sessel zwang und ihm auf die Schulter klopfte.

»Da! Das! So!«

Adam nahm es hin, lernte und war dankbar. Wenn der alte Mann döste, schrieb er Briefe, die er sowieso erst aus Forty Mile abschicken würde. An Sarah und Jacob. Am liebsten hätte er Mary angerufen. Sie nach Sarahs Briefen gefragt, sie den Alten holen lassen, damit er Dawkins Stimme Sarahs Worte blaffen hörte. Bei Mary hatte er gesehen, dass Sarah nicht nur ihm, sondern manchmal auch Jacob Briefe schrieb. Er hatte sich darüber gefreut. Dabei wusste Sarah, dass sie die Briefe genauso gut an Jacobs Adresse schicken könnte, doch sie schickte sie zum Laden, um ihm eine Freude zu machen. Damit sie Mary weiterhin schreiben und mit dem Norden in Verbindung bleiben konnte. Sarah. Schöne, schöne Sarah.

Nach sechs Wochen kündigte sich mit dem Hundeschlitten von Roger Baveroux, dem nächsten Nachbarn, die Befreiung an. Bei Sonnenaufgang stob er vorbei, feierlich schreiend, es sei so weit.

Willys Freude war rührend. Eilends warf er sich in seine wärmsten Klamotten und befahl Adam, den Schlitten anzuspannen. Fröhlich grummelnd übernahm er die Aufgabe selbst, als er merkte, dass Adam keine Ahnung hatte, was von ihm erwartet wurde, und den Leithund irgendwo hinten angespannt hatte, sodass die ganze Meute sich unruhig in den Leinen verhedderte.

Adam sammelte im Haus seine Sachen zusammen, drückste noch eine Weile herum, ging dann auf Willy zu und packte ihn kräftig bei den Schultern. »Ich weiß nicht, ob wir das jemals wieder machen, Willy, aber du sollst wissen, wie dankbar ich dir bin.«

Die Falten um Willys Augen vervielfältigten sich, eines der wenigen Anzeichen, an denen man seinen Gemütszustand ablesen konnte. Er drückte Adam einen kratzigen Kuss auf die Wange und gab ihm einen Klaps ins Gesicht. »Du schaffst es schon noch, Junge. Aber in Zukunft lässt du die Pfoten von meinen Hunden, meinem Feuer und meinem Holz.«

2. Marmor

Sarah ließ sich auf die Bank im Vorraum des Hotelzimmers fallen. Langsam öffnete sie den Reißverschluss ihres Mantels und schaute auf den schmelzenden Schnee um ihre Stiefeletten, der eine schmutzige Pfütze auf dem Parkett hinterließ. Noch nie hatte sie ein so großes Hotelzimmer gesehen. Auf Strümpfen ging sie zum Bett und ließ sich darauffallen, kramte in ihrer Tasche, bis sie das Ticket für den Rückflug fand. Unterwäsche, ein sauberes Kleid, ein Schmucktäschchen, ein Buch, ein zweiter Schal, Make-up, mehr hatte sie nicht dabei. Es schien zu wenig für dieses riesige Zimmer, die protzigen Möbel. Das breite Bett. Sie hatte konzentriert bleiben wollen. Hinfliegen. Unterschreiben. Schlafen. Zurückfliegen.

Nach Forty Mile hatte sie den Entwurf für die Serie, die sie in Marys Zimmer gezeichnet hatte, urheberrechtlich schützen lassen, eine Kopie in einen Umschlag gesteckt, ihn verschlossen und mit klopfendem Herzen nach Dänemark geschickt. Drei Wochen später stand der Briefträger mit einem Einschreiben vor der Tür. Post von der Schmuckfirma. Einen ganzen Tag lang blieb der Brief auf dem Küchentisch liegen. Ungeöffnet. Unruhig auf den Tisch trommelnd schlich sie ab und zu näher. Zuckte doch wieder zurück, ging außer Haus essen, um nicht die ganze Zeit in der Nähe des Urteilsspruchs zu sein. Wieder zu Hause, fasste sie sich ein Herz und riss den Brief auf.

Glückwünsche. Lobeshymnen. Erneute schriftliche Bestätigung, dass sie als Designerin überall genannt werden würde. Kein Wort über die Gestaltung oder das gewählte Material. Ein separates Kuvert mit den Flug-tickets. Vancouver–Quebec, Quebec–Vancouver. Der Geschäftsführer der Schmuckfirma kam, um eine neue Filiale zu eröffnen, und wollte sie bei dieser Gelegenheit gerne kennenlernen. Ein flexibles Rückreisedatum. Die Wegbeschreibung zu ihrem Hotel, wo sie an dem und dem Tag, exakt zu der und der Zeit erwartet wurde, um den Vertrag zu unterschreiben. Der Vertragsentwurf, damit sie alles in Ruhe und gründlich prüfen konnte. Ein Vorschlag für das Herstellungsverfahren und eine Beschreibung der drei Ateliers, mit denen zusammen-gearbeitet werden sollte.

Noch am selben Abend war sie mit einem leichten Gefühl im Kopf die drei Meilen zu Kyles Haus spaziert. Der betrachtete sich als ihr Manager und würde ihr si-cher mit dem Vertrag und dem Kleingedruckten hel-fen. Mit der Entscheidung zwischen Tantiemen auf die verkauften Stücke oder einer großzügigen Designer-prämie. Doch als sie in seiner Straße ankam, hatte sie noch eine Weile ihre Runden gedreht, und obwohl bei ihm noch Licht brannte, war ihr nicht mehr nach einer nächtlichen Diskussion zumute. Dafür hatte sie zu viel Wein getrunken.

Kyles Tagesrhythmus war vorhersehbar. Am nächsten Morgen würde er um halb sieben aufwachen, sich im Badezimmer rasch Wasser ins Gesicht spritzen, dann in ein frisch gebügeltes Hemd und seinen Anzug schlüpfen. Danach würde er den Wasserkessel für Kaffee auf den Gasherd stellen und die Zeitung holen.

Seine Routine hatte Sarah nur kurze Zeit geteilt. Lange genug, um einvernehmlich festzustellen, dass sie nicht aus demselben Holz geschnitzt waren, kurz genug, um sich nicht unwiderruflich zu zerstreiten. Geschäftlich unterstützte Kyle sie weiter, und im Gegenzug schleifte sie ihn jedes Jahr an ein paar Wochenenden in Kneipen und Clubs und riss ihn aus seinem bürgerlichen Leben.

Sarah kritzelte eine Mitteilung auf die Papiere, dass sie morgen früh wieder bei ihm vor der Tür stünde. Dann steckte sie den Umschlag in den Briefkasten. Zu Hause ging sie, müde von ihrer langen Wanderung, direkt nach oben, ließ sich angekleidet aufs Bett fallen und zog erst dort die Stiefel aus, obwohl sie wusste, dass sie sich am Morgen über die Schlammspur von der Haustür bis unters Dach ärgern würde.

Am nächsten Tag hatte Kyle alles für gut befunden. Hier und da hatte er einen Satz umformuliert. Hatte sie auf das kommende Gespräch vorbereitet, auf die Dinge hingewiesen, bei denen sie stur bleiben sollte. Er war stolz auf sie gewesen.

Ihr Aufenthalt in Quebec verging wie im Flug. Der Chauffeur, der sie am Flughafen erwartete, die Fahrt zum Hotel. Diner und Gespräch mit dem Geschäftsführer der Schmuckfirma. Die plötzliche Schärfe, die sie an sich bemerkte, als es um den Herstellungsprozess ging. Das nagte immer noch an ihr. Zu akzeptieren, dass sie den Schmuck nur entwerfen würde und dass andere ihn dann herstellten. Die Nacht dann, draußen, als sie frische Luft schnappen wollte, aber nicht genügend Wind gefunden hatte, um ihr alle Hirngespinste wegzublasen.

Sie setzte sich auf. Vor dem Fenster stand ein zierlicher Schreibtisch aus Nussbaumholz.

Die Lichter der Stadt hinter dem meterlangen Vorhang. Sie schaltete die Schreibtischlampe an, einen tanzenden Bronze-Akt, der den Lampenschirm trug. Auf dem Schreibtisch lag ein Block dickes Papier, auf dem Briefkopf standen in eleganten Lettern Name und Anschrift des Hotels. So ein glänzender, dünner Hotelstift.

Sarah setzte sich.

Mary,

Die Anrede kam von selbst. Sie wollte sich bei Mary dafür bedanken, dass sie ihr von dem Schiff erzählt hatte, an dem Abend nach Moose Creek auf ihrer Veranda. Sie wollte über ihre eigene Entscheidung schreiben, an Bord zu bleiben, dankbar für die Erkenntnis, dass sie aussteigen konnte, wenn der Kurs ihr nicht mehr zusagte. Ihren Namen konnte man ihr dauerhaft stehlen, aber sie selbst war mehr als das, sie konnte mehr sein, wenn sie das wollte. Das wusste sie jetzt.

Dann schrieb sie

Marion,
Marion Goodwin.

Der Hotelstift blieb in der Luft stehen. Sie versuchte, sich an die Anschrift auf der Pappschachtel im Schrank in ihrem Zimmer bei Mary zu erinnern. Marion Goodwin. Eine Adresse in Quebec. Der Straßenname fiel ihr beim besten Willen nicht ein. Hier in der Stadt musste es irgendwo noch Spuren von Marion Goodwin geben, von der Künstlerin, die sie gewesen war, bevor sie in den Norden zog und Mary Calhoun wurde.

Sarah löschte das Licht und ging wieder zum Bett. Sie breitete die Arme auf dem Satin aus, bestellte sich Wein aufs Zimmer. Trank genug, um schlafen zu können, traumlos, bodenlos, tief.

Am nächsten Morgen hatte sie vor dem Abflug noch jede Menge Zeit. Sie ließ sich das Frühstück bringen und im Bad die Wanne mit schäumendem Wasser volllaufen. In einer viel zu heißen Badewanne trank sie genauso heißen Kaffee. Dann trocknete sie sich ab, zündete sich eine Zigarette an, sah in den Spiegel der Frisierkommode. Unter ihren Augen war schwarz verschmierte Wimperntusche von gestern. Sie kümmerte sich nicht darum. Noch fünf Stunden, bis sie zum Flughafen musste.

Auf dem Schreibtisch lag immer noch der angefangene Brief von gestern. *Mary. Marion.* Sie kramte den Stadtplan aus der Tasche, den der Empfangschef ihr am Vortag gegeben hatte. Fuhr mit dem Finger über die Straßen, um die Plätze herum, folgte dem breiten Strom und fand dann, was sie suchte. Die Bibliothèque Nationale de Québec. Sieben Blöcke vom Hotel entfernt. Wenn noch etwas über Marion Goodwin zu finden war, dann wäre die Bibliothek eine gute Anlaufstelle. Sie packte ihre Sachen zusammen, verstaute sie in der Tasche und zwängte sich in ihre klammen, kalten Stiefeletten. In der Lobby staunte sie nicht mehr über den vielen glänzenden Marmor. Sie legte den schweren Schlüssel auf den Tresen. Der Mann und die Frau an der Rezeption in ihren adretten Hoteluniformen ließen sie mit einstudiertem Lächeln wissen, alles sei schon bezahlt.

Es fror wieder. Der nasse Schnee von gestern war zu harten, glatten Riffeln geworden, die sie an den Fußsohlen schmerzten. Sie machte kleine Schritte, schlug zum Schutz vor dem kalten Wind am Fluss den Kragen hoch.

Wieder stand sie in einem Marmorpalast. Ihren Mantel gab sie in der Garderobe ab, die Handtasche behielt sie bei sich. Sie trug ihren Vor- und Nachnamen ins Register ein. Bei »Zweck des Besuchs« geriet der Stift ins Stocken. Streng sah der Mann neben dem Register sie über seine Lesebrille hinweg an.

»Forschung«, schrieb sie einfach.

»Gerne auch das Institut, an dem Sie arbeiten.«

Sie dachte sich eine beliebige Universität aus und krakelte den Namen hin. Höflich erkundigte sie sich nach den Künstlerlexika. Der Mann deutete ihr die Richtung.

Mit dem Finger fuhr sie über die Rücken der ledergebundenen Bände. Bénezit, Havlice, Mallett, Thieme-Becker, Vollmer … Die meisten Lexika wirkten zu abgenutzt, zu alt, um ihre Frage beantworten zu können. Trotzdem nahm sie sie aus dem Regal, stapelte sie auf ihrem Arm. Dann warf sie einen Blick auf die große Uhr über dem Mittelgang.

Hektisch traf sie an einem stabilen Holztisch ihre Auswahl. Die deutschsprachigen Lexika legte sie neben sich auf einen Stapel, die würde sie in hundert Jahren nicht schaffen. Danach grenzte sie ihre Auswahl chronologisch ein. Nur wenige Bände umfassten die gewünschte Periode. Zum Schluss blieb ein einziges Künstlerlexikon übrig. Teil eins reichte von A bis H.

Alle Werke bis 1974. Das musste genügen.

Baldoch, Dane, Fariot … Ihre Finger flogen über die Seiten, ihre Augen rasten über die in alphabetischer Reihenfolge aufgeführten Namen. In der Nähe des G wurde sie langsamer. Erregung flatterte in ihrem Brustkorb. Möwen in einer Bushaltestelle.

Godrich, Gollah, Gombrovic, Gommetti, Gonstead, Gonzales, Goodchild, Goodwin.

Goodwin, Marion,

(*1922, Quebec), Meisterschülerin an der École des Beaux-arts de Montréal (Abschluss 1944), Gastdozentin Fine Arts Emily Carr University of Art + Design Vancouver (1945), Artist in Residence École des Beaux-Arts in Paris (1946), Artist in Residence The Aspen Institute, Aspen, Colorado (1950). Goodwin folgt den Prinzipien und dem Stil der Präraffaeliten und Symbolisten im 19. Jahrhundert, ist stark von der Niederländischen Renaissance geprägt und setzt diese Einflüsse in ihrer Arbeit um in eine zeitgenössische Ikonografie.

Ausstellungen: Quebec, Galerie Nationale, 1945, zwei Triptychen und ein Porträt; Montréal, Galerie des Beaux-Arts, 1946, Polyptychon und Triptychon; Chicago, Gallery of Fine Arts, 1947; Biennale von Venedig, kanadischer Pavillon, 1950.

Werke im Besitz des Vancouver National Museum of Fine Arts: allegorisches Triptychon.

Verzeichnet in ...

Fieberhaft durchsuchte Sarah ihre Tasche nach Stift und Zettel. Ihr Flugticket war das Erste, was ihr in die Hände fiel, und sie kritzelte es voll.

Vancouver, Goodwin, allegorisches Triptychon, National Museum of Fine Arts. Fünf Meilen von ihrem Haus entfernt hing ein Gemälde von Mary. Es gab ein Bild von ihr im größten Museum Kanadas. Sarah atmete hörbar aus. Neben ihr schaute ein Mann irritiert von seinen Büchern auf. Sie raffte ihre Sachen zusammen und rannte zurück zur Garderobe, ihre Absätze hallten in dem Gewölbe.

3. Weiß

Zum soundsovielten Mal auf dieser Fahrt zog Adam den linken Handschuh aus. Er zupfte am Lenker und spielte mit jeder Fingerspitze ein Vibrato. Zuerst aus dem Finger heraus, dann aus dem Handgelenk. Draußen raste die Landschaft an ihm vorbei. Die Berge hatte er schon vor einem Tag hinter sich gelassen. Unterwegs sah er, wie der Schnee oben auf den Bergkämmen schmolz, die Täler lagen vorerst noch tief im Winterschlaf. Bei seinem Aufbruch war Forty Mile noch unter einer dicken Schneeschicht begraben gewesen.

Je näher die Stadt kam, desto lauter drehte er die Musik auf. In den ersten drei Tagen hatte er immer wieder die Kassetten durchgenudelt, die Willy ihm gegeben hatte. Jetzt spielte er alles, was Jacob ihm im vergangenen Winter geschickt hatte.

Das Ziel dieser Reise machte ihn nervös. Die Stadt. Eine Großstadt, zum ersten Mal seit Jahren. Die Studioaufnahmen, die er machen sollte. Eine Handvoll Noten auf der Platte einer Bluegrass-Koryphäe. Gegen Bezahlung und auf Willys Empfehlung. Jetzt ging es also los. Mitspielen zu dürfen war die Bestätigung, nach der er schon lange gesucht hatte. Sein Name würde auf einer

Plattenhülle stehen. In seinem Bauch kämpften Stolz und Widerwillen miteinander. Glatt geleckter Country war das Markenzeichen dieses Musiklabels. Bestimmt würden sie seine Geigenparts so lange polieren, bis sie nicht mehr wie seine klangen. Er würde ein Mietling in einem Studio sein. Meilenweit von dem Schweiß und dem Nervenkitzel bei einem Live-Auftritt entfernt. Von den Menschen, die in Armeslänge von ihm mitfieberten, mitbrüllten, sich der Musik hingaben, wie auch er sich hingab und hingab und hingab.

Die Stadt. Die Stadt und Sarah. Den ganzen Herbst und Winter über hatten ihre gemeinsamen Momente nur auf dem Papier bestanden. Ihre Briefe, die er bei Mary abholte, seine Briefe, die er bei Mary abschickte.

Sarah hatte ihm geschrieben, er solle aus dem Vorort bei ihrer Nachbarin Fran anrufen. Dann hätte sie genügend Zeit, dorthin zu kommen, wo sie ihn treffen wollte. Auf einem Platz im alten Teil der Stadt, auf dem das Denkmal eines Siegesengels mit einem im Krieg gefallenen Bahnarbeiter in den Armen stand. Dort würde sie in einem französischen Bistro auf ihn warten.

Wieder zog Adam den linken Handschuh aus, ließ die Finger spielen, damit sie warm und beweglich blieben. Je näher die Stadt kam, desto langsamer fuhr er. Die Bebauung verdichtete sich und alles wurde hässlicher, voller, schmutziger. Immer mehr Menschen, mehr Autos, mehr Reklametafeln, und überall Kunstlicht. Am liebsten wäre er stehen geblieben, hätte kehrtgemacht.

Nicht in dieses Gewusel, dieses Licht hinein. Am Vormittag hatte er sich spontan in einer Tankstelle eine Flasche Whisky gekauft. Dabei gelang es ihm schon seit mehreren Wochen, morgens die Finger vom Alkohol zu lassen. Nach vierzehn Tagen hatten seine Hände aufgehört zu zittern. Er konnte immer besser einschätzen, wann er etwas essen musste. Doch jetzt tastete er nach der Flasche auf dem Sitz neben ihm.

Gleich würde Sarah da sein. Mit Sarah wäre alles wieder gut.

Es war schon seit Stunden dunkel, als er den Platz endlich fand. Er sah die Statue. Durch das Fenster des Bistros an der Ecke erkannte er ihren Rücken zwischen den anderen Menschen an der Bar. Sie saß mit überkreuzten Beinen auf einem Hocker und las, den Ellbogen auf der Theke abgestützt.

Er drückte die Tür auf und schob den Schutzvorhang aus rotem Samt beiseite. Auf dem Weg zu ihr versuchte er sein dämliches Grinsen unter Kontrolle zu bringen.

Sie war wunderschön. Das Haar hatte sie hochgesteckt, ein paar Locken hingen lose im Nacken. Ein dunkler Pulli mit einem tiefen Rückenausschnitt und ein offener Reif, der sich anmutig an ihren Hals schmiegte. Das Band aus massivem Silber folgte der Linie ihres Halses und endete hinten im Nacken in einer großen Perle. Als er näher kam, erkannte er, dass es ein polierter Stein war. Er sah aus wie die, mit denen sie sich im vergangenen Sommer die Taschen gefüllt hatte.

Sarah drehte sich zu ihm um. Adam strich mit den Händen über ihren Pullover, spürte ihre Wärme. Dann erst bemerkte er den Unterschied. Die Sarah, die hier vor ihm stand, war viel eleganter als die Sarah, die er bisher kannte. Noch schöner als in der Wildnis. Die Sommerbräune war von ihrer Haut gewichen.

Sie rieb ihr Gesicht an seinem Hals, die Nase angenehm kühl, die Lippen warm. Er rieche toll, sagte sie. Nach Norden und nach Adam.

Schweigend saß sie dann neben ihm, zeigte ihm, wo er abbiegen musste, und legte ihm die Hand auf die Schulter, wenn er bei einer Kreuzung langsamer fahren sollte. Sie hatte auf ihn gewartet. Sie hatte ihm geschrieben. Sie.

Die Fahrbahn glänzte im Dunkeln, dann eine letzte Abzweigung. »In dieser Straße ist es.«

Er sah sich wieder um, fuhr im Schritttempo weiter. Es war ein altes Viertel mit lauter Holzvillen. Viktorianisch, dachte er. Jedes Haus war von einem Garten und einem schmiedeeisernen Zaun umgeben. Die meisten Villen waren ein bisschen verfallen. Er versuchte zu erraten, welche ihre war.

Nun flüsterte sie beinahe. »Da.«

Im orangefarbenen Licht der Straßenlaterne sah er ein weißes Haus. Genauso groß wie die anderen in der Straße, aber schmaler, höher, eleganter. Der Garten wirkte wild, aber das Gebäude sehr gepflegt. Wie neu. Frisch gestrichen, mit einer Veranda um das ganze Haus.

Sarah wollte aussteigen, um das Tor für Adams Auto zu öffnen, doch er hielt sie zurück. »Ist das dein Haus?«

Sie bestätigte es, einen gespannten Zug um den Mund.

Auf dem Weg ins Haus ging Sarah vor. Sie schlüpfte aus ihren Stiefeletten. Adam blieb auf der Matte stehen, beugte sich langsam hinunter und knotete die Schuhbänder auf.

Im Eingang war viel Weiß. Ein auf Hochglanz gebohnerter Holzboden. Er ließ sich auf eine antik aussehende Küchenbank nieder, deren Farbe abblätterte. Vor ihm führte eine wunderschöne geschwungene Treppe ins Obergeschoss. Weit oben im Treppenhaus hing ein Kronleuchter. Auf Socken wanderte er durchs Haus, öffnete Türen und schloss sie wieder, wusste vor Bewunderung nicht, wohin er zuerst schauen sollte. Immer wieder gab er Ausrufe des Erstaunens von sich.

Dann drehte er sich um, zu Sarah, die dicht hinter ihm geblieben war. »Wie ist es in Gottes Namen möglich, dass du in einem solchen Haus wohnst? Wohnst du allein?«

»Ja. Allein.«

»Wie kommt es, dass du so ein Haus hast?«

»Ich habe es gekauft.«

Er war immer noch genauso verwirrt. »Aber wie?« Sie hatte ihm doch nie etwas von reichen Eltern erzählt, oder? Aber wie sonst?

Sie legte den Kopf schief und antwortete ihm leise. »Von dem Geld, das ich in den ersten Jahren als Silberschmiedin verdient habe.«

Unbewusst ließ er die Arme schlaff hinunterbaumeln. »Und war es da schon so schön?«

Da stand sie also vor ihm. Seine Sarah. Er hörte sie erzählen. Dass es ganz verfallen gewesen war. Und sie immer schon hier hatte wohnen wollen. Dass sie das Haus über die Jahre hätte herrichten lassen, Stück für Stück.

Ihm war schwindlig. Während er das Haus weiter erkundete – Küche, Wohnzimmer, Badezimmer, Dienstbotenkammer –, versuchte er zu begreifen, was sie gesagt hatte, und wofür dieses Haus stand. Er war also anscheinend in eine reiche Frau verliebt. Eine steinreiche Frau.

»Ist es der Schmuck, den du in Forty Mile getragen hast, mit dem du so viel Geld verdienst?« Er stammelte, dass er eigentlich gedacht hatte, sie hätte einen kleinen Laden im Zentrum, irgendwas Künstlerisches, zusammen mit anderen Künstlern oder Handwerkern am Anfang ihrer Laufbahn oder so. Er schämte sich. Sprach in entschuldigendem Ton, er wollte sie nicht kränken.

Sarah blieb ruhig, erzählte ihm, der Schmuck, den er aus Forty Mile kenne, sei älter. Es seien Übungsstücke. Sie fühle sich geborgen, wenn sie ihn trug.

Er öffnete eine Tür im ersten Stock. Ihr Atelier. Es war ein Erkerzimmer mit Blick in den Garten. Wie im Rest des Hauses war auch dort fast alles weiß. Die alten Schränke, die teils gestrichenen, teils tapezierten Wände.

Der Tisch, an dem sie arbeitete, sah aus, als gehörte er einem Mann. Eine alte Werkbank voller Kerben und Brandflecke. An der Vorderseite war ein Halbkreis ausgesägt, eine Lederschürze hing über der Stuhllehne. Schweißgeräte und Schutzbrille, Lampe und Meißel, Sägen und eine Drehbank. Ein Brenner. Dicke Lederhandschuhe.

Die Derbheit der Werkzeuge kontrastierte mit der Schönheit der fertigen Stücke an der Wand. Er sah sich die geschwungenen Formen des Silbers aus der Nähe an. Polierte Reinheit. Schlicht und elegant.

Dann drehte er sich um. Sarah stand hinter ihm, mit verschränkten Armen. Er fuhr mit dem Finger die Kette um ihren Hals nach.

»Damit, also.«

Ihre Fingerspitzen fanden einander. Sarah nahm die Kette vom Hals und balancierte sie auf dem Zeigefinger.

»Hiermit habe ich vor zwei Jahren einen internationalen Designpreis in Mailand gewonnen.« Sie sah ihn an. »Ich habe mir meine Ziele schon immer hochgesteckt. Jedes Jahr schicke ich etwas zu einem internationalen Wettbewerb.« Leiser. »Meistens bekomme ich einen Preis. So ist dieser neue Auftraggeber auf mich aufmerksam geworden.«

Adam ließ die Schultern wieder sinken, schüttelte den Kopf. Es gelang ihm nicht, seine Gedanken zusammenzuhalten.

Sie erzählte. Dass sie den Prototypen für dieses Schmuckstück vor etwa drei Jahren gemacht hätte. Sie erzählte von Kyle, dem Mann, mit dem sie eine kurze Affäre gehabt hatte – eine Stichflamme in Adams Brust. Lange hätte die Beziehung nicht gehalten, doch damals hatte er den ersten Musterschutz für sie angemeldet und ihr auch den geschäftlichen Aspekt ihrer Arbeit vermittelt. Er wache immer noch über ihre Urheberrechte.

Adam ließ sich in den Stuhl beim Fenster fallen. Er fasste zusammen. »So. Du wohnst also in Vancouver in dem schönsten Haus, das ich je gesehen habe. Ich wusste nicht mal, dass es solche Häuser gibt. Schon gar nicht, dass man sie besitzen kann.« Völlig verloren sah er sie an. »Wie viel Schmuck musst du verkaufen, um dir so ein Haus leisten zu können?«

Sarah seufzte. Sagte, sie werde ihnen jetzt einen Tee kochen.

Adam schaute zum Fenster, im Dunkeln spiegelte es seinen Blick. Hilflos saß er am Tisch der Frau, die er liebte. Der Frau, von der er anscheinend nichts wusste. Hartnäckig nagte die Scham an ihm. Hatte er die ganze Zeit nur von sich erzählt? Sie nie etwas gefragt? In jedem Brief in diesem langen, langen Herbst und diesem langen, langen Winter war sie ihm so nah gewesen. Genau wie zu der Zeit, als er die Sonne auf ihrer Haut riechen konnte, letzten Sommer. Aber jetzt, da sie beim Ofen den Kessel vom Feuer nahm und Tee aufsetzte, schien sie plötzlich meilenweit entfernt.

Sie setzte sich ihm gegenüber und erzählte. Dass sie schon als Kind Silberschmiedin werden wollte. Einfach nur, weil sie das machen wollte, was sie schön fand. An der Akademie wären die Besten darauf getrimmt worden, Designer bei einer großen Schmuckfirma zu werden. Bei Tiffany's, Cartier, Georg Jensen ... Aber sie hätte sich immer geweigert, Schmuck für die Frauen reicher Männer zu machen. Schmuck, der zu nichts anderem gut war, als bei Diners damit zu prahlen, und anschließend wieder im Safe verschwand. »Dann dient der Körper der Frau nur dazu, den sozioökonomischen Status des Mannes auszustellen.« Sie sagte es spöttisch. Erzählte, das sei der Grund, weshalb sie Gold und Diamanten verabscheue, diese gewollt kostbaren Materialien.

Darum arbeitete sie mit Silber, mit Steinen, die sie am Strand fand, Kristallen von Kronleuchtern, die sie auf Trödelmärkten kaufte. Sie lief gern Schlittschuh und verwendete die Formen, die sie ins Eis ritzte. Achten und Spiralen. Oder sie ahmte die Spiralbewegung eines Milchschwalls nach, der von hoch oben aus einer Kanne gegossen wurde. In Silber. Die Galerien würden ihre Stücke eher als Kunstwerke betrachten und weniger als Schmuck. Und die Preise seien dementsprechend.

Adam betrachtete ihre Hände, während sie erzählte. Er konnte es immer noch kaum fassen. Sie schlug ihm vor, seine Sachen auszupacken und danach, wenn er wollte, ein Bad zu nehmen. Sie würde währenddessen kochen.

Er wanderte durchs Haus. Da gab es alte Kommoden und Kleiderschränke. Ein Sofa mit einem Überzug aus abgeriebenem Brokat. Unzählige Nuancen bei den Motiven und Texturen, aber farblich herrschte überall Weiß vor. Im Badezimmer ließ er die Wanne einlaufen. Zögerte kurz. Dann entfernte er sich leise vom Rauschen des Wassers in der Wanne. Suchte ihr Bett.

Er fand es unterm Dach. Das Schlafzimmer nahm das ganze Stockwerk ein, doch es stand kaum etwas darin. Weiß gestrichene Holzpaneele an der Decke, ein großes Bullauge in der Dachgaube, unbehandelter Dielenboden. Es war eisig. Ein dicker Ast mit ihrer ganzen Garderobe daran hing an Seilen von der Decke. Mit schief gelegtem Kopf ging er durch ihre Sachen. Kleider. Lange und kurze. Viel Spitze, viel Schwarz und überraschend viele Blumen. Er hatte sie noch nie in einem Kleid gesehen. Er fasste mit beiden Armen hinein, drückte sein Gesicht in die Stoffe und schnupperte daran. Schaute dann zum Bett, das er sich im Traum so oft vorgestellt hatte. Sein Bild vom Bett löste sich auf. In echt sah es also so aus. Eine Doppelmatratze auf alten Balken. Unendlich viele Kissen. Weiße Decken und Laken.

»My lady of a thousand whites.«

Im Badezimmer warf er seine Sachen in eine Ecke, stieg in die Wanne. Das Email hatte ein paar Sprünge und war abgeblättert. Nach einer Weile kam Sarah mit zwei Gläsern und einer Flasche Wein herein, schloss die Tür mit der Ferse hinter sich. Sie sagte ihm, was im Ofen stand, und zog sich aus, legte den Schmuck zuletzt ab. Sie kauerte sich ihm gegenüber in die Wanne, mit angezogenen Beinen.

Erst als er sein Glas ausgetrunken hatte und sie das Bein ausstreckte und ihn mit den Zehen an der Seite kitzelte, fragte er sie.

Warum er das alles nicht gewusst hatte.

4. Triptychon

Sarah wartete, bis der Kaffee durchgelaufen war, schaute aus dem Küchenfenster. Draußen schmolz der Schnee, allerdings ohne großen Elan. Adam lag oben im Bett und schlief. Sie streckte sich, stellte fest, dass sie zum ersten Mal seit Tagen mehr als einen Meter von ihm entfernt war.

Es war eine neue Erfahrung, hier im Haus nicht allein zu sein. Welche Schuhe hatten je vorher unter der Garderobe gestanden? Die Holzpantinen der alten Fran, wenn diese sich selbst zum Tee einlud. Die hohen Schuhe ihrer Mutter. Die Schuhe ihres Vaters hatten es nicht mehr bis in dieses Haus geschafft. Kummer durchzuckte sie. Kyle? Den sah sie nur bei ihm zu Hause. Ann und Steve. Die schon. Ann hatte sich oft über ihr Einsiedlerleben lustig gemacht.

Der Gedanke an Ann und Steve war noch ein bisschen bitter. Sarah war bei ihnen gewesen, der Gegenbesuch ließ auf sich warten. Obwohl die Wut aus Anns Blick gewichen war, blieb sie bislang auf Distanz. Sarah vermisste beide, sie merkte, wie gern sie ihnen Adam vorgestellt hätte.

Aus einer Küchenschublade holte sie einen Notiz-block und einen Stift. Sie schenkte sich frischen Kaffee ein und setzte sich.

Mary,

Der Brief, den sie im Hotel in Quebec angefangen hatte, war nie fertig geworden. Seit ihrem Bibliotheksbesuch hatte sie viele Fragen. Sie hatte weiter nachgedacht und die Formulierung dieser Fragen so lange aufgeschoben, bis sie sicher war, die richtigen zu stellen, und die ande-ren, die sie nichts angingen, auszulassen.

Sie entschied sich für einen unverfänglichen Anfang.

Adam liegt oben in meinem Bett und schläft. Er ist der erste Mann, den ich in mein Haus lasse. Ich bin mir noch nicht darüber im Klaren, ob die frische Verliebtheit schon vorbei ist. Jedenfalls habe ich ihm einen Schrecken einge-jagt. Ich, mein Haus, meine Arbeit.

Letzten Sommer habe ich es so genossen, für ihn nur Sarah zu sein. Unbeschwert, ohne Vergangenheit und ohne Zukunft. Manchmal habe ich Angst, dass ich für ihn jetzt auch zu Torun werde. Dass sich da-durch etwas Wesentliches zwischen uns ändert. Es nagt an ihm, dass er so wenig über mich wusste. Und mir gelingt es nicht, ihm begreiflich zu machen, weshalb ich genau das so gern wollte. Damit er mich sieht und nicht meine Arbeit. Nicht mein Haus, nicht mein Geld.

Wahrscheinlich wäre ein Mittelweg am ehrlichsten ge-
wesen. Aber es fühlte sich so toll an. Fürs Erste bleiben
wir zu Hause, und ich halte uns die Welt vom Leibe.
Wenn wir kein Brot mehr haben, backe ich frisch. Die
Studioaufnahmen gehen erst nächste Woche los, dann
wird auch meine Kollektion präsentiert und wir müssen
beide hinaus, in die Stadt und in die Welt. In der Stadt
habe ich vor einem Monat auch dich gefunden, Mary.
Oder zumindest die Künstlerin, die du bist / warst und
die du hinter dir gelassen hast, als du in den Norden
gezogen bist.

Sie schüttete den kalten Kaffee in die Spüle, schenkte
sich neuen ein und lauschte eine Weile, ob sie oben etwas
hörte. Stille. Nur das Tropfen schmelzenden Schnees,
der von der Regenrinne auf die Veranda spritzte.

Sie dachte an den Tag, an dem sie beschlossen hatte,
zum National Museum of Fine Arts zu gehen. Ihre Aufregung, als sie dorthin spaziert war. Marion Goodwins
Eintrag im Lexikon war nicht illustriert gewesen. Ihr
einziger Anhaltspunkt war das Bild in Marys Gästezimmer. Nachdem sie eine Dreiviertelstunde durch das
gigantische Museum gerannt war, hatte sie die Geduld
verloren. Sie hatte erwartet, das Gemälde im neues-
ten Flügel zu finden, bei der zeitgenössischen Kunst.
Doch da hing nichts, das sie begeisterte, nichts, womit
sie etwas anfangen konnte, nichts, was von Mary sein
konnte. Sein durfte.

Der alte Aufseher in diesem Flügel döste vor sich hin. Seine Haut war von violetten Äderchen durchzogen, das Gesicht eines Trinkers. Das Klappern ihrer Absätze auf dem Steinboden weckte ihn. Sie wiederholte, welches Gemälde sie suche. Dann erst wurde er vollends wach.

»Das Triptychon, nicht wahr?« Er schüttelte den Kopf. »In den letzten zwanzig Jahren hat keiner danach gefragt, keiner hat ein Sterbenswörtchen darüber geschrieben. Und jetzt ist es seit einem halben Jahr im Depot und jetzt, plötzlich, wollen es alle sehen.« Maulend fragte er, was sie sich davon verspreche.

Sarah sagte, sie hätte gerade erst von der Existenz des Gemäldes erfahren. Sie wolle es einfach nur sehen, weiter nichts.

»Warum?«

Verdammt, fluchte sie im Stillen, musste sie sich jetzt verantworten, weil sie ein Kunstwerk im Museum sehen wollte? »Weil ich die Frau kennengelernt habe, die es gemalt hat, vor langer Zeit. Weil ich sehen möchte, was sie für Sachen gemacht hat, früher, denn sie malt nicht mehr. Weil ich versuche, zu verstehen, was passiert ist.«

»Sie kennen Marion Goodwin.« Der Mann lachte ungläubig.

»Ich kenne sie so, wie sie jetzt ist.« Sie war vorsichtig bei ihrer Antwort, nannte Marions neuen Namen nicht.

Da nickte er. »Kommen Sie mit.«

Er tappte zur großen Halle, sie hinter ihm her. Während er vor einer Tür den Schlüsselbund herausholte, zwinkerte er ihr zu. »Sie sind Studentin und schreiben eine Arbeit über Marion Goodwin, nicht wahr? Haben Sie etwas bei sich, das als Legitimation einer Universität durchgehen könnte?«

Sie schüttelte den Kopf.

»Dann wollen wir mal das Beste hoffen.«

Hinter der Tür gingen sie durch einen Wirrwarr von Gängen, an Schreibtischen saßen Museumsangestellte, die der Aufseher rasch grüßte. Der letzte, breitere Gang führte zu einer Flügeltür. Er blieb vor dem hintersten Büro stehen, bedeutete ihr, zu warten.

In dem Büro saß eine ältere Frau mit hochgestecktem, grauem Haar. Ein farbloses Gesicht hinter einem schwarzen Brillengestell.

Aus ihrem Gespräch erfuhr Sarah, dass der Aufseher, der ein geübtes Konversationsspiel mit der Frau betrieb, William hieß. Die Frau war die Hüterin des Schlüssels, die Beschützerin des Kulturerbes hinter der Flügeltür.

William war mit seiner Mission erfolgreich. Er bekam den Schlüssel ausgehändigt, aber nur unter der strengen Auflage, dass er der Museumsdirektion Rechenschaft ablegen, das Besucherverzeichnis ausfüllen und Sarah ständig im Blick behalten würde. Er kicherte in sich hinein, als er mit dem Schlüssel in der Hand an Sarah vorbeiging, Richtung Flügeltür.

Dahinter lag das Depot, eine Art riesiger Käfig aus Metallgittern. Ein langer, breiter Gang führte zwischen unendlich vielen Reihen weißer Schiebewände aus

Metall hindurch, an denen Dutzende, ja Hunderte Bilder in Rahmen hingen. Quer über den Gang verliefen
Schienen, um die Wände herausziehen zu können. Sie
folgte William durch den langen Gang.

»So, sind Sie bereit?«

Das grelle Neonlicht unterstrich die geplatzten
Äderchen auf seinen Wangen, doch seine Augen funkelten vergnügt und er wirkte plötzlich viel jünger. Sie
hatte genickt.

*Dein Bild im National Museum ist im Depot, seit einem
halben Jahr, hat der Aufseher gesagt. Dort habe ich dein
Triptychon gesehen. Eine halbe Stunde lang habe ich da-
vorgestanden, Mary. Vielleicht länger. So etwas habe ich
noch nie gesehen. Ich kannte das Bild in deinem Arbeitszimmer und den Eintrag über dich im Künstlerlexikon
(so habe ich dich gefunden, in der Bibliothèque Nationale
de Québec), aber meine Vorstellung von deinem Triptychon hatte keinerlei Ähnlichkeit mit dem, was ich dann
im Depot gesehen habe. Du warst fabelhaft, Mary. Du
bist fabelhaft.*

William hatte die Schiebewand ganz herausgezogen.
Erst zentimeterweise, dann kam das träge Gewicht
auf halbem Weg in Bewegung. Ein einziges Werk hing
an der Wand, ein geschlossenes Triptychon. Mehr als
mannshoch, in einem eleganten Spitzbogen. Die beiden
geschlossenen Tafeln waren außen bemalt, die Innen-

seite blieb zunächst verborgen. Feierlich blieb William danebenstehen.

»So. Das Goodwin-Triptychon. Nicht berühren, ich hole einen Stuhl.« Dann ging er weg, zurück zur Flügeltür.

Still blieb Sarah stehen und betrachtete das Werk. Der Rahmen aus grob geschnittenem Holz, ganz anders als die Hunderten anderen Rahmen hier im Depot. Roh und raffiniert zugleich, mit geschnitzten geometrischen Motiven. Das Holz schuppig und rau. Niemals gewachst, niemals lackiert. Treibholz.

Auf die Außenseite der beiden geschlossenen Tafeln war je eine Frauenfigur gemalt. Die Titel der Allegorien waren in das Holz darunter geschnitzt. *Norden* und *Fortuna*. Hätte Sarah nicht gewusst, dass es Marys Werk war, sie hätte es niemals datieren können. Doch sie erkannte die Art, in der die Figuren Schicht um Schicht aus transparenter Farbe aufgebaut waren. Der Rahmen und die Form wirkten spätmittelalterlich. Die beiden Frauenfiguren schienen aus dem 19. Jahrhundert zu kommen: elegant, ätherisch und dennoch stark. Zeitlose Schönheit.

Die Fortuna drehte mit der linken Hand an einem Rad, das höher war als sie. An dem Rad hingen drei Männer. Der oberste stolz und ruhig, die beiden unter ihm versuchten um jeden Preis freizukommen, mit verbissener, verzerrter Miene. Beim Anblick ihrer Kleidung musste Sarah breit lächeln. In abgetragenen Jeans und Cordhosen hingen sie erstaunlich zeitgenössisch an dem Rad. Ihre Bärte waren struppig, ihre Hände schmutzig, die Füße steckten in robusten ausgetretenen Schuhen. Die Landschaft im Hintergrund zeigte einen Fluss und ein Städtchen, umschlossen von einer Bergwand. Es ähnelte Forty Mile, aber noch mit Zelten und Baracken statt mit Holzhäusern.

Auf der linken Tafel stand *Norden*. Eine stolz auf einem Baumstumpf sitzende Frau war in kühlen, beherrschten Tönen darauf gemalt, in einem verschneiten wilden Bergwald, hinter ihr ein gefrorener Wasserfall. Ihre Kleidung ähnelte der Tracht der Ersten Völker. Dieselben Motive, dieselbe Machart, aber länger und eleganter. Mehr Stoff und mehr Falten. Neben ihr saß ein Hund, oder war es ein Wolf? Der Raureif in seinem Fell war fast mit Händen zu greifen. Im Vordergrund, kaum sichtbar unter dem Schnee, lagen erfrorene Männer. Ausgemergelt, ihre Hände krallten sich ins Eis.

Atemlos betrachtete Sarah das Bild so lange, bis sie Williams Gegenwart hinter sich spürte.

»Auch die Innenseite?« Er stellte den Stuhl einen Meter neben sie. Nachdem sie genickt hatte, klappte er erst die linke Tafel auf, dann die rechte.

»Ich setze mich mal eben, Kindchen. Sagen Sie Bescheid, wenn Sie fertig sind.«

Reglos war sie stehen geblieben.

*Der Aufseher, der mich ins Depot gelassen hat, erzählte,
ich sei innerhalb kurzer Zeit die zweite, die sich für das
Triptychon interessierte. Eine Kunstgeschichtsstudentin
habe das ganze Archiv nach der Dokumentation deines
Werks durchsucht, Mary. Der Aufseher bezeichnete es
als die wohlverdiente Rehabilitation einer großen Künstlerin, doch die feministische Perspektive der Studentin
brachte ihn zum Lachen. Sie wolle dich zur Galionsfigur
der vergessenen Frauen in der modernen Kunst machen.
Verkannt von den patriarchalen Kunsthistorikern und
-käufern. Doch was den letzten Punkt angehe, habe sie
vollkommen recht, fand er.*

*Er wunderte sich, wie wenig ich über deine Kunst
wusste, und sagte, ich solle noch einmal wiederkommen.*

*Ich habe dein Bild gesehen und muss die ganze Zeit
daran denken. Es hängt nicht mehr in dem Flügel, wo
es fast dreißig Jahre lang hing, aber jetzt weiß ich, wo es
sich befindet. Ich weiß, dass deine Arbeit dokumentiert
wurde. Ich weiß, dass es eine Kunstgeschichtsstudentin
gibt, die garantiert viel für eine echte Spur von dir geben
würde. Dem Aufseher zufolge hast du dich in Luft aufgelöst, nachdem du das Triptychon gemalt hast. Es ist dein
Werk, Mary. Und du bist mir wichtig. Ich habe niemandem gesagt, wer du heute bist, wo du wohnst. Vor langer
Zeit hast du dich entschieden, Mary zu sein. Ich fand es
herrlich, mich zu entscheiden, für kurze Zeit nur Sarah
zu sein, ohne Torun. Du hast es in der Hand. Falls du
weiterhin nur Mary sein möchtest, schaue ich mir dein*

Bild nicht mehr an, höre den Geschichten des Aufsehers nicht mehr zu und lasse die Dokumente ungelesen. Ich sage der Kunstgeschichtsstudentin nichts, genauso wenig wie Adam.

Alles Gute
und einen milden Frühling,
Sarah

Sie faltete den Brief zusammen und kochte neuen Kaffee, schaute auf den Zettel, der mit einem Magneten am Kühlschrank befestigt war. Der Name der Studentin. Der Aufseher hatte ihn für sie aus dem Besucherregister im Museumsarchiv abgeschrieben. *Kathleen McAdam, University of British Columbia, Institut für Kunstgeschichte.* Mit Telefonnummer.

Oben lag Adam noch im Bett unter den Decken.

»Komm. Heute geht es raus in die Welt.« Sarah schlüpfte aus ihrer Jacke und dem Hemd, zog auch die Strümpfe aus. Sie ging zu ihrem Garderoben-Ast, wählte sorgfältig ein Kleid, fischte saubere Unterwäsche aus dem Korb darunter und zog sich wieder an. Unterdessen lag Adam auf dem Bauch und verfolgte aufmerksam, wie sie sich aus der nackten Sarah in eine Vancouver-Sarah verwandelte. Unterwäsche, Strumpfhose, Unterkleid, Kleid, Bluse, dünne Jacke, dicke Wolljacke, dann der Schmuck, den sie von der Kommode neben der Treppe nahm. Als sie fertig war, drehte sie sich zu ihm um.

»So. Schau.«

Sie lachte, als er aus dem Bett kroch und zu ihr krabbelte. Er umfasste ihre Beine, schwang sie über die Schulter und trug sie zum Bett zurück. Dort zog er sie in umgekehrter Reihenfolge wieder aus. Erst den Schmuck, dann die dicke Wolljacke, die dünne Jacke, Bluse, Kleid, Unterkleid, Strumpfhose, Unterwäsche.

5. Punk

Im Dunkeln konnte Adam den Schriftzug auf dem Gebäude kaum entziffern. *Eastside Printing Factory.* Die letzte Straßenlaterne hatte er längst hinter sich gelassen. Vor ihm, auf der anderen Seite der alten Druckerei, stieg eine Rauchfahne in den Nachthimmel, jemand machte ein Lagerfeuer. Auf dem Weg dorthin holte er seinen Flachmann heraus. Ein paar Schlucke hatte er noch. Aber drinnen gäbe es sicher Alkohol. Alkohol und Sarah. Er sehnte sich nach ihr. Sie hochheben, in ihrem Duft ertrinken. Und sich dann volllaufen lassen. So voll wie schon lange nicht mehr.

Der erste Aufnahmetag war vorbei. Jetzt hatte er zwei Tage Pause, dann drei Tage hintereinander Aufnahme und dann war sein erster Studiojob geschafft. Heute hatte er gut acht Stunden gearbeitet. Ein muffiges Gebäude, das jedes Geräusch schluckte, noch bevor es sich ausbreiten konnte. Das Studio, das man ihm zugewiesen hatte, roch nach Schweiß, Staub und Zigaretten. Es war winzig. Die Apparaturen hinter der Scheibe der Aufnahmekabine hatte er bisher nur in Filmen gesehen. Aber ihre Marken erkannte er. Und wurde sich bewusst, dass er Willy auf Knien danken sollte.

Sie hatten in Adams Tempo gearbeitet. Gewartet, bis er sich daran gewöhnt hatte, wie die isolierten Tonspuren von Gesang und Banjo klangen, die schon aufgenommen worden waren. Mit geschlossenen Augen hatte er verzweifelt versucht, das Gefühl eines Live-Auftritts heraufzubeschwören. Die Stimmen der Menschen um ihn, die ihn aufpeitschten, die miefige Wärme ihrer Körper, den Geruch und Geschmack des Biers vor dem Konzert, währenddessen und danach. Dazu zwang er sich, wie zu Selbstbefriedigung ohne Geilheit. Und es fühlte sich genauso schmutzig an. Zwanghaft, stur wiederholte er immer wieder seinen Part, fing immer wieder von vorn an, spielte schneller, wilder, mit mehr Gefühl. Beim Mittagessen hatte er dann zu seinem Flachmann gegriffen und Whisky getrunken. Ab dann war es besser gegangen.

Adam nahm den letzten Schluck und steckte den Edelstahlflakon wieder ein. Er nickte dem Grüppchen vor der großen Tür der alten Druckerei zu. Als er sie öffnete, steigerten sich das Dröhnen eines Schlagzeugs und das raue Geschrei zu einem Crescendo. Im schwachen Licht einiger Glühbirnen entdeckte er eine aus Abfallholz gezimmerte Theke. Die Band konnte er weit und breit nicht sehen, aber er hörte den höllischen Lärm, es schallte durch den ganzen Raum, hallte von der hohen Decke wider. An der Theke standen Leute, vor allem Männer, Jungs. Drahtige Typen, ganz in Schwarz. Der

Barkeeper gab Adam zwei Flaschen Bier. Sagte etwas, doch das ging unter im anhaltenden Gebrüll, das ab und zu von einer Mauer aus Gitarrenriffs übertönt wurde.

Adam trank die erste Flasche in einem Zug aus, stellte sie auf die Theke, setzte die nächste an den Mund. Er kramte nach Münzen, doch der Barkeeper winkte ab. Zwei weitere Flaschen wurden vor ihn gestellt. Er prostete dem Mann zu, trank die zweite Flasche aus und drehte sich dann um, in jeder Hand eine Flasche.

Er steuerte auf den Lärm zu, den die Punkband machte. Sarah kannte den Sänger und dessen Freundin, hatte sie ihm beim Frühstück erzählt. Ganz hinten in einer Ecke der großen Halle war eine Tür mit einem Vorhang aus dicken, überlappenden Kunststoffbahnen verhängt. Grünes Licht blitzte durch das transparente Material. Der Lärm war ohrenbetäubend. Als er die Bahnen zur Seite schob, stand er vor einer Treppe zum Untergeschoss.

Es dauerte lange, bis sich seine Augen an die Dunkelheit im Keller gewöhnt hatten. Oben war es auch schon dunkel gewesen, doch hier konnte man nur etwas erkennen, wenn die grünen Stroboskoplichter aufblitzten. Stabile Pfeiler stützten die Decke. Am hinteren Ende des Raums war die Bühne, wo der phänomenale Lärm herkam. Er setzte die Bierflasche an die Lippen und nahm die Szenerie in sich auf. Ein Gewirr knochiger Arme und magerer Schultern, nackte Oberkörper, die sich ruckartig im Takt des Schlagzeugs bewegten.

Wiederholtes Auf-und-ab-Springen, Schütteln, Head-
bangen. Ab und zu wurden Textzeilen mitgeschrien,
Fäuste in die Luft gereckt.

Langsam ging er weiter vor, bis zur letzten Reihe des
Publikums. Dann entdeckte er den Sänger, er stand am
Rand der Bühne, mit dem Rücken zum Publikum. Der
Schlagzeuger saß unsichtbar hinter den zwei grünen
Stroboskoplichtern, die alles erleuchteten. Das Schlag-
zeugsolo hörte gar nicht mehr auf. Als der Sänger wieder
dran war, drehte er sich zum Publikum, griff nach der
Mikrofonstange, beugte sich nach hinten und schrie,
brüllte, kreischte seine Texte heraus. Danach wendete er
sich wieder ab, schien sich zu hypnotisieren, zu konzentrieren wie ein Athlet vor dem Absprung. Adam konnte
den Blick nicht von ihm wenden. Von dem dürren Körper im grünen Licht.

Das Schlagzeug bebte in seinem Brustkorb, seine
Bauchmuskeln spannten sich an von der Wut in der
Musik. Adam beugte den Oberkörper vor, ließ sich
anstecken, mitreißen. Er folgte den Bewegungen der
Menschenmenge vor ihm und spürte, wie er im Rhythmus der Gitarren und der Drums aufging, wie er sich
nach dem nächsten langen Brüller sehnte. Dann erst
kamen die Wörter. Er hörte dem Mann auf der Bühne
zu, dem, was er sang und kreischte. Seiner Verzweif-
lung und seinem Abscheu. Sprache, die ausgespuckt
wurde und sich zu einem anhaltenden, animalischen
Schrei verzerrte.

Dann war ihm mit einem Mal alles zu viel. Der lange Winter, der Alkohol, die Unruhe der letzten Tage, die unausgesprochene Scham, die er Sarah gegenüber empfand, weil sie war, was sie war, und er, was er war. Er brach aus der Menschenmenge und stolperte nach hinten, zu einem Pfeiler im Dunkeln, stürzte sich mit beiden Händen dagegen und erbrach sich in einem langen Schwall. Die Tränen in seinen Augen ließen die grünen Stroboskoplichter zu nebligen Flecken verschwimmen. Er wischte sich das Kinn ab, schwankte zum nächsten Pfeiler, sank in die Hocke und lehnte sich mit dem Rücken dagegen, legte den Kopf zurück. Der Kellergeruch widerte ihn an, er sehnte sich nach der Kälte draußen. Plötzlich kam er sich durch und durch lächerlich vor. Sein geliebter Bluegrass erschien ihm so kindlich. Alles, was er je auf der Bühne gemacht hatte, war so absurd. Noch nie hatte er sich Gedanken gemacht über den Aufbau von Refrains, Zeilen und Strophen. Er liebte die Sprache dieser Musik, den Aufbau der Melodie, die abwechselnden Solos. Doch jetzt, hier, in diesem stinkenden Keller, mit dem Geschmack von Kotze im Mund und einem schreienden Sensenmann auf der Bühne, fand er sie einfach nur noch lachhaft.

Er kehrte zum Publikum zurück, blieb am hinteren Rand stehen und ließ die Musik wieder auf sich einwirken. Jemand gab ihm eine Flasche Wasser. Er trank gierig, dankbar, gab die Flasche weiter. Vorn im Publikum pumpten gehobene Fäuste im Takt zur Musik.

Er sah zwei Arme, die schöner waren als die anderen, knochigeren.

Sarah.

Er schob sich durch die aufgepeitschte Menge nach vorn. Die Haare hingen ihr ins Gesicht, sie schrie zusammen mit dem Sänger. Neben ihr stand eine auffallend große Frau. Die ging noch mehr in der Musik auf. Adam legte Sarah eine Hand auf die Schulter, sie erwachte aus ihrer Trance. Sie lachte, küsste ihn voll auf den Mund und legte den Arm um ihn. Die Frau neben ihr schaute neugierig. Sarah rief ihr etwas zu, worauf sie breit lächelte und Adam von oben bis unten beäugte. Alle drei fixierten dann den Sänger, der anscheinend ihre Blicke bemerkte. Seine Grimasse zerbrach wie eine Maske. Er zwinkerte ihnen zu, wandte sich dann wieder vom Publikum ab, wiegte sich konzentriert.

Nach diesem Set übernahm ein DJ den Keller, die Musik spielte in voller Lautstärke weiter. Sie holten sich oben etwas zu trinken und kehrten wieder in den Lärm zurück. Hinter dem Schleier von all dem, was um ihn geschah, bemerkte Adam den Sänger. Es war unmöglich zu reden, also tranken sie. Adam nahm die Pille, die man ihm anbot. Der Raum wogte, die Geräusche flossen mit dem grünen Licht der immer wieder aufblitzenden Stroboskope zusammen. Der Mund des Sängers bewegte sich, Sarah und der Sänger schauten Adam an, andere mischten sich in die Unterhaltung.

Die große Frau von eben. Sie hängte sich dem Sänger um den Hals. Ann, erinnerte sich Adam an ihren Namen. Ann und Steve. Wieso konnten die anderen sich alle hören, während er alles nur sah? Er erkannte die beiden Gitarristen von vorhin. Der Bassist schlug ihm auf den Rücken und nahm ihn mit, Sarah nickte ermutigend, sprach Worte, die er nicht verstand. Er folgte dem Mann schwankend, landete in einem Raum hinter der Bühne, wo mehr Licht war. Nadeln in seinen Augäpfeln, er schlug sich die Hände vors Gesicht. Dann öffnete er die Augen wieder, jetzt war das Licht gedimmt. Man zeigte ihm etwas. Instrumente. Gitarren und Bassgitarren, ein halbes Schlagzeug. Undefinierbare Kästen. Und eine Kastenform, die er sofort erkannte. Er stolperte darauf zu, klammerte sich daran fest. Ein Fels in der Brandung. Er klickte den Kasten auf und fuhr mit der Hand über den schlanken Hals, die Schallöffnung, ließ die Saiten schwingen. Das Dröhnen in seinem Kopf nahm weiter zu. Dann klemmte er sich die Geige unters Kinn. Da stand Steve neben ihm, diesmal mit einer Gitarre.

Adam spielte, was ihm gerade einfiel, sang dazu. Steve antwortete darauf, sein Spiel war dem Adams diametral entgegengesetzt, und er übertönte schreiend seinen Gesang. Daraufhin spielte Adam immer lauter, sang kräftiger, melodischer. Er drückte den Rücken durch und sein rechter Fuß fing ganz von selbst an, im Takt zu stampfen. Dann erneut Hände auf seinen

Schultern, Zerren an seinem Arm, eine kurze, unmöglich steile Holztreppe, seine Füße, die die Stufen nicht fanden. Ein scharfer Schmerz an Knie und Ellbogen. Im Sturz hielt er die Geige in die Luft. Und plötzlich war das grüne Licht hinter ihm, das Publikum vor ihm, Steve neben ihm. Sie teilten sich ein Mikrofon, sein melodischer Gesang kämpfte gegen das Brüllen und Kreischen des Sängers an, seine Geige gegen die stählernen Akkorde der Gitarre. Vor ihm stand Sarah, da unten. Schreiend in der Menschenmenge. Die Arme hochgereckt, wie alle anderen. Ein Wald von Fäusten.

6. Runway

Sarah zog sich an, schminkte sich und betrachtete dann lange Zeit die auf der Kommode ausgebreiteten Schmuckstücke. Als sie sich entschieden hatte, reihte sie sich den Schmuck auf die Finger, legte ihn um die Handgelenke, den Hals und die Oberarme.

»Legst du deine Rüstung an?«

Mit kleinen Äuglein sah Adam sie an. Sie ballte die Fäuste vor dem Körper und zeigte ihm ihre verzierten Arme. Das Silber an ihren Fingern, Handgelenken und Oberarmen. »Ich ziehe doch heute in den Kampf.«

Sie ließ die Arme wieder sinken, flehte. »Komm doch. Wenigstens zum Empfang danach. Lass mich nicht allein.«

Er breitete die Arme über der Decke aus, sie stürzte sich hinein.

Sein letzter Studiotag fiel mit der Präsentation ihrer ersten Kollektion für die Schmuckfirma zusammen. Er wirkte erleichtert, dass sein Auftrag fast hinter ihm lag, für sie fühlte sich dieser Tag wie ein Neuanfang an.

Zur vereinbarten Zeit war das Taxi da. Sarah stand ausgehfertig in der Tür, mit unpraktischen hohen Absätzen, in einem langen schwarzen Kleid und einem abgewetzten Pelzmantel. Über der Schulter trug sie einen verwaschenen grünen Seesack mit Beuteln und Schachteln voller Schmuck aus älteren Serien.

Die Schmuckfirma hatte eine Zusammenarbeit mit einem Couturier vorgeschlagen. Seine Modeschau und ihre erste Kollektion sollten gemeinsam präsentiert werden. Mehr Aufmerksamkeit, eine größere Reichweite, eine gegenseitige Befruchtung … Sie war einverstanden gewesen. Schon früh im Herbst hatte sie sich mit dem Modedesigner zusammengesetzt, um die Stimmung und das Thema der Schau festzulegen. Er entwarf seine Kollektion, sie die ihre.

Die ersten Schmuckmuster waren zu Anfang des Winters eingetroffen. In der Filiale in Quebec konnte sie die Stücke sehen und beurteilen. Auf dem Flug dorthin hatte sich der Zweifel seinen Weg durch die Anspannung gewühlt. Was, wenn es einfach nicht gut genug war? Es gab kein Zurück mehr. Wortlos hatte sie in dem Büro gesessen, ihre Entwürfe auf dem Tisch vor sich. Es waren perfekte Muster, trotzdem war der erste Kontakt befremdlich. Der Schmuck stammte von ihr, doch da hatte sie ihn erstmals in der Hand halten und spüren können.

Sie stieg bei der großen Fabrikhalle aus dem Taxi. Der rote Teppich lag schon da, rechts und links abgesperrt von einer roten Samtkordel an goldenen Pfosten. In der Umkleide wurden die ersten Models geschminkt. Man wies Sarah einen Tisch zu, auf dem sie vorsichtig ihren Seesack ablegte. Ihre älteren Stücke sollten nach der Schau bei dem Empfang in Glasvitrinen ausgestellt werden.

Das Adrenalin schlug zu. Erneut wurde besprochen, welches Model was tragen würde, sie legte die Schmuckstücke neben die Polaroidfotos der jeweiligen Frauen.

Das Tempo beschleunigte sich, laute Musik spielte. Dann wurden die Maschinen in der Fabrik alle gleichzeitig eingeschaltet. Auf Wunsch des Modedesigners. Pumpende Kolben und Stangen, rotierende Fließbänder, Klicken und Brummen als Hintergrundgeräusch und Dekor für seine Show. Ein Strudel, in den Sarah hineingezogen wurde. Baumlange, schlanke Frauen segelten an ihr vorbei, setzten sich vor sie und ließen sich von ihr schmücken, sich Ohrringe in die Ohren stecken, Ringe an die Finger, Armbänder um die Handgelenke legen, Ketten um die Hälse. Da war weder Zeit noch Raum zu überlegen, noch etwas zu ändern. Die Frauen gingen weg und kamen wieder, auf unmöglich hohen Absätzen rennend. Sie ließen sich an- und auskleiden, wenn nötig etwas nachbessern.

Erst als alles vorbei war, nach dem letzten Applaus, kam Sarah wieder zu Atem.

Dann nahmen der Modedesigner und der kaufmännische Leiter der Schmuckfirma sie mit auf die Bühne. Sie konnte nichts erkennen, außer Blitzlichtern und den

186

Leuten in den vorderen Reihen, die lächerlich aufrecht auf ihren Stühlen saßen und applaudierten. Der lange, beleuchtete Catwalk lag vor ihr, sie wollte nicht dorthin, wurde trotzdem mitgeschleift. Erst nach den Küsschen in den Kulissen kam sie wieder zu sich. Sie nahm die Glückwünsche entgegen und packte den neuen Schmuck sorgfältig wieder ein. Es war merkwürdig, ihn einem Assistenten mitzugeben. Nur die älteren Stücke gehörten ihr noch wirklich.

Der Empfang war den Happy Few vorbehalten. Sarah wurde zusammen mit dem Modedesigner herumgereicht, schüttelte Hände, lächelte freundlich und führte oberflächliche Gespräche. Die Frauen an den Armen der Männer, die ihr vorgestellt wurden, machten ihr Komplimente zu ihrer Arbeit. Sagten, sie fänden es schade, dass die Stücke bei der Show so schlecht zu sehen gewesen wären, sogar von den teuersten Plätzen in der vorderen Reihe aus. Sarah sah das Gold an ihren Ohren, die funkelnden Diamanten an ihren Fingern. Schmuck zum Prahlen. Eine Kopie des Bankkontos ihrer Männer. Nicht das, was sie wollte.

Der Champagner machte alles einfacher. Sarah ließ sich ständig nachschenken. Nun fiel es ihr leichter zu lachen. Sich an Gesprächen zu beteiligen, in die sie verwickelt wurde. Als sie sich von einer Gruppe Models abwandte, die sich um einen Rockstar drängte, bemerkte sie ihn. An die Wand gelehnt, eine Hand in der

Hosentasche. Die Biegung seines langen Körpers. Alles an ihm in schrillem Kontrast zu den anderen im Raum. Ihr verirrter Schatz aus dem Norden.

Sie ging hin, legte den Arm um ihn.

»Wahnsinn, Sarah.« Kopfschüttelnd stieß er mit ihr an. »Das muss echt ein voller Erfolg gewesen sein für dich.«

Sie klammerte sich an seine Finger, konnte aber nicht verhindern, dass er wegschaute. Dicht bei ihm spürte sie, wie der Riss zwischen ihren Welten sich vergrößerte.

Sie küsste seine Hand. Das war sie nicht. Nicht dieses Übermaß, dieses Protzen. »Ich gehöre genauso wenig hierher wie du.« Sie trank ihr Glas aus. »Komm, ich muss noch mit ein paar Leuten sprechen. Ich spiele meine Rolle hier zu Ende und dann gehen wir.«

»Sind auch Freunde von dir da?«

»Nein.«

Draußen schneite es. Große nasse Flocken Frühlingsschnee, die schmolzen, sobald sie den Boden vor dem Fabriktor berührten. Die zwei Taxis vor ihnen schnappten ihnen andere Paare weg. Adam warf sich den Seesack mit dem Schmuck über die Schulter, trat durch das Tor und nickte ihr zu. Sie gingen durch den schmelzenden Schnee die Straße entlang, um den Block, nach Hause. Jeder in seinem eigenen Tempo, unvereinbar. Der Wind trieb ihr den nassen Schnee ins Gesicht, in den

Nacken, häufte ihn auf den Gehwegen an. Ihre Füße in den hochhackigen offenen Schuhen waren durchnässt. Sie zitterte in ihrem dicken Mantel, kämpfte gegen die Tränen.

Zwei Blöcke weiter blieb Adam stehen und nahm sie in die Arme. Dann drehte er sie ein Stück herum, ging in die Knie und hob sie mit einem Schwung hoch. Er legte seine Wange an ihren Scheitel und schritt ruhig los, mit Sarah in seinen Armen. Schaukelnd, wiegend ließ sie sich tragen. Noch acht oder neun Blöcke lief er so weiter, bis er sie absetzen musste, weil der Riegel ihres schmiedeeisernen Gartentors klemmte.

7. Klage

Adam wachte von einem Klicken auf. Er drehte sich zu dem Grammophon neben dem Bett und sah, wie die Nadel sich auf die Schallplatte senkte. Erst rauschte es nur. Dann ein Cembalo, das zusammen mit einem Cello schrittweise tiefer wurde. Dann die Stimme.

Thy hand, Belinda

Er kannte die Aufnahme. Die tiefste Tiefe einer Sopranstimme. Dramatisches Anschwellen des Klangs. Er schloss die Augen und legte sich auf den Rücken. Lauschte. Wartete auf die Arie.

When I am laid, am laid in earth, may my wrongs create
No trouble, no trouble in thy breast.
Remember me, remember me, but ah! forget my fate.
Remember me, but ah! forget my fate.

Adam schaute zu Sarah, die neben dem Grammophon kniete. Versunken lauschte sie der Arie bis zum Schluss. Als die Streicher die letzten Noten hatten ausklingen lassen, tippte sie sachte die Nadel wieder von der Platte.

Sie sah ihn an.

»Purcell«, sagte er.

Sie nickte.

Er versuchte, Scherze zu machen, Anspielungen auf Didos tragisches Ende, das der Sopran eben besungen hatte. »Du machst den Abschied ganz schön dramatisch, Sarah. Soll ich hier im Haus einen Dolch verstecken, bevor ich losfahre?«

Sie lachte nicht, ließ ihn nicht aus den Augen. »Du entfernst dich.«

»Ich fahre nur zurück in den Norden.«

»Du entfernst dich«, wiederholte sie. Und wandte sich ab.

In ihm wirbelten Wörter durcheinander, doch er konnte sie nicht zum richtigen Satz zusammenfügen.

Beim Abschied fühlte er sich schrecklich unbeholfen. Sarah saß auf der Treppe, die Beine umschlungen, den Kopf auf die Knie gelegt. Er nahm seine schweren Stiefel in die Hand, zog sie an. Ihre blieben zurück, auf einmal viel kleiner und einsamer.

Sein Pick-up sprang ruckelnd an. Sarah stand in der Tür, eng in ihre Wolljacke gewickelt.

Noch zwei Tage lang konnte er keinen Ton Musik ertragen.

Eine Woche später schaltete er in Forty Mile den Motor aus. Der meiste Schnee auf den Dächern und am Straßenrand war geschmolzen. Er blieb noch eine Weile im Auto sitzen. Es war längst dunkel und er hatte absichtlich einen Bogen um die Kneipe gemacht, damit niemand auf die Straße stürmte, um ihn freudig zu begrüßen. Er drückte die Tür auf, schwang die Beine aus dem Auto und streckte sich. Auf dem Weg zu Marys Laden zog er die Jacke zu, schlug den Kragen hoch.

Marys Ofen brannte, das Wohnzimmer lag im Schein der roten Glut. Sie saß unter der Leselampe, Frank schlief zu ihren Füßen. Als es an ihr Fenster klopfte, schreckte sie auf und legte stirnrunzelnd die Hand über die Augen, um zu sehen, wer da war. Sie ging zur Tür, Frank folgte ihr langsam. Sie lächelte, als sie Adam erkannte. Er ließ kurz den Kopf auf ihre Schulter sinken. Dann hockte er sich hin, zog die Stiefel aus und folgte ihr zum Ofen. Er setzte sich in den Sessel ihr gegenüber. Die Ellbogen auf den Knien, das Gesicht dem Feuer zugewandt.

»Mary, ich …« Er unterbrach sich, sah zu ihr auf. Sie wirkte nicht erstaunt. »Mary, hätte ich wissen müssen, wer Sarah ist?«

Sie musterte ihn eine Weile, lehnte sich dann zurück. »Du weißt genau, wer sie ist, mein Junge. Du wusstest es ab der ersten Minute.«

»Ich meine nicht, *wer* sie ist, sondern wie sie ist. Was sie ist.« Er verstummte und rieb sich übers Gesicht. Mary stand auf und holte eine Flasche Wein aus der Küche. Sie blieb neben ihm stehen, nachdem sie sein Glas vollgeschenkt hatte. Kniff ihn sanft in den Oberarm.

Er schüttelte den Kopf. »Noch nie habe ich mich so lächerlich gefühlt.«

Mary lachte leise, betrachtete ihn amüsiert. »Eine junge Frau fährt in einem Wagen, wie man ihn nur aus Filmen kennt, durch Forty Mile, zieht aus dem Nichts bei mir ein, gleich am nächsten Tag liegt ihr die ganze Stadt zu Füßen, und du erwartest, in Vancouver eine ganz normale junge Frau anzutreffen?« Wieder lachte sie.

Er sah sie an, sie erwiderte seinen Blick. Ruhig und ein bisschen spöttisch. »Du hast immer gewusst, wer Sarah ist, Adam. Und wenn sie hergekommen ist, dann wegen dem, was du bist. Vergiss das nicht. Selbst wenn du es jetzt nicht begreifst.«

Noch eine Weile blieb Adam niedergeschlagen sitzen. Dann trank er das Glas leer, stand seufzend auf. Er küsste Mary auf die Stirn. Schlüpfte in seine Stiefel, tippte sich zum Abschied an die Schläfe und überquerte die Straße.

Bevor er die Kneipe betrat, legte er kurz den Kopf an den Türrahmen. Nahm seinen Mut zusammen. Dann drückte er die Klinke hinunter. Nach einer kurzen Stille tauchte er in die träge, stickige Wärme der Kneipe und den Begrüßungsjubel ein.

IV

1. Höllenfahrt

Es war noch nicht einmal vier Uhr mittags, als Mary das laute Geschrei hörte. Prahlerei, Geschimpfe. Sie sah die Frau auf der anderen Seite der Ladentheke fragend an.

»Sommergäste?«

Die Frau schüttelte den Kopf. »Young Adam hat mal wieder die Wut gepackt.«

Seit Adam von seinem Besuch bei Sarah und dem Aufnahmestudio in Vancouver zurückgekommen war, hatte er sich nicht mehr unter Kontrolle. Mary hatte Jacob im Frühling öfter mal seinetwegen angerufen. Auch mit Sarah hatte sie gesprochen. Die junge Frau würde bald wieder für eine Weile nach Forty Mile kommen. Doch diese Aussicht schien keinerlei Einfluss auf Adam zu haben.

In den vergangenen Monaten hatte er jeden Job, den man ihm überhaupt noch gab, in den Sand gesetzt. Er trank mehr als er aß und führte sich von Tag zu Tag schlimmer auf. Als Jacob im Juni nach dem Abschluss seiner Lehrerausbildung für den Sommer nach Forty Mile gekommen war, nahm sich Adam überstürzt ein eigenes Zimmer über der Kneipe.

Der Ton draußen wurde aggressiver. Wütendes Gebrüll, Flüche. Eine Autotür knallte zu, ein Pick-up fuhr mit durchdrehenden Reifen an, ein Hund bellte. Das Geschrei wurde lauter, Panik schwang darin mit. Dann ein grausiges Jaulen, das in einem schrillen Fiepen endete. Aus der Panik wurde Entsetzen.

Mary rannte nach draußen. Dort stand Adams alter Truck, die Fahrertür offen, er daneben, mit tief liegenden Augen, fahl im Gesicht. Sie schnappte nach Luft. Wie ein Schwarm Stare flatterte das Grauen in ihrer Brust. Muddy hing im Radkasten, mit zertrümmertem Hinterteil. Sie lebte noch.

Die Leute hielten sich fern. Langsam ging Adam zu seiner Hündin. Murmelnd setzte er sich neben sie, griff zum Messer in seinem Gürtel. Seine Hände zitterten, sein ganzer Körper bebte. Schreiend schnitt er Muddy die Kehle durch. Sie röchelte nur noch leise. Seine Hand war blutüberströmt, er brüllte erneut. Zwei Männer kamen auf ihn zu, mit beschwichtigend gehobenen Händen, wollten ihn halten, trösten. Adam wich zurück, stieß lange Schreie aus, zielte mit dem Messer auf sie.

Dann plötzlich ging es schnell. Mary hielt den Atem an, als die beiden Männer Adam zu Boden rangen, ihm das Messer aus der Hand rissen. Sie rannte zu ihnen. »Bringt ihn zum Arzt, ich komme mit. Holt Jacob!«

Die Frau des Arztes öffnete ihnen die Tür. Adam schlug weiter um sich, brüllte und tobte. Das hintere Zimmer wurde ausgeräumt, sie schlossen ihn darin ein, in der Hoffnung, dass er sich nichts antun würde. Dann verscheuchte Mary die Menge draußen.

Die Frau des Arztes rief im Krankenhaus in Whitehorse an, wo ihr Mann gerade war. Mary versuchte, Adam zu beruhigen. Doch der schrie nur weiter und regte sich noch mehr auf, wenn sie näher kam.

Und mit einem Mal war Jacob da. Er und Seamus und Charles kamen gerade von einem Wochenendausflug zurück. Jacob schob resolut alle beiseite und betrat das Zimmer, ließ das Geschrei über sich ergehen. Vom Gang aus hörte Mary ihn beschwichtigend auf Adam einreden. Mit ruhiger, rhythmischer Stimme. Seine Worte konnte sie nicht verstehen.

Allmählich entstanden längere Pausen zwischen den langen, schneidenden Schreien. Jacob sprach immer weiter. Leiser, tröstend. Mary lauschte im Gang, den Rücken an die Wand gelehnt.

Schließlich verstummte Adam. Als sie auch Jacob nicht mehr hörte, öffnete sie vorsichtig die Tür. Jacob saß auf dem Boden, Adams Kopf im Schoß. Er strich ihm sanft über die Haare. Adam schlief.

Jacob sah zu ihr hoch. Er versuchte nicht einmal, seine Tränen zu verbergen, flüsterte: »Es tut mir so leid, Mary. Ich bin Freitag weggefahren, ich habe es einfach nicht mehr ausgehalten mit ihm. Ich habe nicht mal daran gedacht, ihn zu fragen, ob er mitwill. Ich konnte nicht mehr.«

Ach, Jacob. »Das hier ist größer als du, Junge. Er braucht Hilfe.«

Sie ließ die beiden kurz allein, kam mit einem Glas Wasser zurück. Gierig trank Jacob. Dann legte Mary eine Decke über den schlafenden Adam. »Der Arzt kommt im Lauf der Nacht zurück.«

Am nächsten Morgen klopfte Jacob an ihren Hintereingang. Zusammen gingen sie auf die Veranda und Mary schenkte ihm Kaffee ein.

Er war die ganze Nacht bei Adam geblieben. Schließlich war der Arzt zurückgekommen. Adam ließ brav die Untersuchung über sich ergehen, schluckte bereitwillig die Pillen, die man ihm gab. Danach waren die beiden friedlich zu Jacobs Haus gegangen, wo Adam sich beim Waschen helfen ließ. Anschließend hatte er wieder wie ein Stein geschlafen. Jetzt waren Charles und Seamus bei ihm.

»Wir müssen Sarah anrufen.«

Jacob nickte.

Drinnen blätterte Mary ihr Telefonbuch bis zur Nummer von Fran durch, Sarahs Nachbarin.

»Sarah? Meine kleine Sarah? Die ist am Mittwoch zu euch losgefahren, zu eurem Städtchen. Sie kommt erst im Spätsommer zurück, hat sie gesagt. Ich gieße bei ihr die Blumen, und du meine Güte, in diesem Haus möchte ich nicht mal gerne ein Kaktus sein, das kann ich wohl sagen.«

Fran plapperte munter weiter.

Rennende Schritte auf den Planken draußen. Seamus riss die Ladentür auf. »Er packt! Komm schnell!«

Mary rannte hinter den Männern her. In Jacobs Haus wanderte Adam auf und ab. Blass und mager, aber beherrscht. Charles redete auf ihn ein, doch das hinderte ihn nicht am Packen. Schließlich sah er zu Jacob und Mary hoch, die in der Tür standen. Mit einem Mal wirkte er alt.

»Ich gehe zum Flugfeld, Jacob. Wenn ich mich beeile, kriege ich noch den Flieger nach Raven's Nook. Bitte, halt mich nicht zurück.« Seine Stimme war noch heiser vom Schreien.

Raven's Nook. Mary schaute von Jacob zu Adam. Adam erwiderte ihren Blick. Vielleicht war das ja eine Lösung. Raven's Nook war eine *dry community*. Völlig abgeschieden von der Außenwelt, ohne einen Tropfen Alkohol. Wie auch aus anderen Orten im Norden hatten die Ureinwohner den Alkohol verbannt, ein Versuch, ihr Leben und ihre Gemeinschaft wieder in den Griff zu bekommen.

Mary griff nach Jacobs Arm. »Bring du ihn weg, Jake.«

Der schien etwas sagen zu wollen, doch mit einem Blick gebot Mary ihm zu schweigen.

2. Kies

Jeden Abend kam er zum Essen zu ihr. Den Nacken immer sonnenverbrannter, von Kopf bis Fuß mit Staub und Sand bedeckt. Am zweiten Abend war Frank schwanzwedelnd auf die Veranda gestiegen. Mary streichelte ihn zerstreut, danach legte er bettelnd Jacob den Kopf in den Schoß, wollte auch von ihm gestreichelt werden. Jacob blieb reglos sitzen. Als er dem Hund endlich über den Kopf strich, sah sie seine Schultern beben.

Seinen Job am Nordufer des Stromes, den Bau einer Blockhütte, hatte er aufgegeben, um da zu sein, wenn Sarah in Forty Mile ankam. Stattdessen arbeitete er jetzt im Straßenbau, etwas, was er früher immer entschieden abgelehnt hatte. Neun Monate Winter, drei Monate Wartungsarbeiten, das war der Rhythmus der Straßen im Norden. Und nun schaufelte er also Kies, von morgens bis abends Kies, um genügend Geld zu verdienen, bis er eine Anstellung als Lehrer fand.

Zusammen warteten sie auf Sarah. Tagsüber schickte Mary Kunden auf Streifzug zu den Telefonen in der Kneipe und beim Arzt, um zu erfahren, ob Sarah vielleicht dort angerufen hatte. Die ganze Stadt wusste, dass die junge Frau gleich nach ihrer Ankunft zu Jacob oder zu ihr geschickt werden sollte.

Mary fuhr täglich zum Flugfeld. Der Mann im Büro konnte über Funk hören, wie es in Raven's Nook lief. Dort gab es kein Telefon, außer dem wöchentlichen Flug war Funk die einzig mögliche Verbindung.

Man konnte ihr nicht viel mehr sagen, als dass tatsächlich ein junger Weißer angekommen war. In einem jämmerlichen Zustand, verstört. Erst hatte er sich in der Nähe des Flugfelds herumgetrieben, sich dann in einen Hangar verkrochen. Ihm ging es dreckig, aber die Leute behielten ihn im Blick. Eine der Ältesten in der Gemeinschaft hatte sich seiner angenommen, sie ließ ihm Wasser und Essen bringen. Mehr gebe es bisher nicht zu berichten.

Am Mittwoch, drei Tage nach Adams Aufbruch, kam Sarah endlich an. Als sie Marys und Jacobs Gesichtsausdruck sah, schlich sich Panik in ihren Blick.

»Was …?«

Jacob nahm sie fest in die Arme. »Adam ist so weit okay. Aber er ist in Raven's Nook.«

»Was?« Sarah schaute ihn verständnislos an. »Wegen der alten Musik? Jetzt? Warum? Für wie lange?«

Mary sah, wie sie versuchte, ihre Enttäuschung zu verbergen, und bat sie herein. »Komm.«

Zusammen gingen sie auf Marys Veranda. Sarah wanderte auf und ab, während Jacob redete. Über Adam, über den vergangenen Frühling, darüber, wie dreckig es ihm gegangen war. Wie Mary und er telefoniert und sich geschrieben hätten.

»Das weiß ich doch, Jacob.« Sarah seufzte. Auch sie hatte Adam geschrieben, mit Mary telefoniert. In der Kneipe angerufen. Mehrmals gesagt, er könne doch zu ihr kommen, weg aus Forty Mile. Steve, der Sänger der Punkband, hätte Adam gern in seiner Band aufgenommen. Er hätte einen Sommer lang mit ihnen auf Tournee gehen, bei Sarah wohnen können. Und selbst wenn er das nicht wollte, gab es immer noch genügend Kneipen in Vancouver, wo er regelmäßig hätte spielen können. »Davon kann man leben, Jacob. Er ist mehr als gut genug. Außerdem hätte er nicht mal was verdienen müssen, ich hätte für ihn sorgen können. Es hätte geklappt.« Sie schüttelte den Kopf. »Ich hätte es ausgehalten, Jacob. Selbst wenn er Tag und Nacht gesoffen hätte. Er hat mir einfach keine vernünftige Antwort gegeben.« Flehentlich sah sie zu Mary. »Er wusste, dass ich komme, Mary …«

»Ich weiß, Kleine.«

Jacob erzählte, was passiert war. Doch Mary wusste, was er Sarah verschwieg. Die grässlichen Details. Wie Adam dagesessen hatte, blutüberströmt, stinkend nach Alkohol und Angstschweiß. Sein heiseres Brüllen. Der

Wahnsinn in seinen Augen. Wie erbarmungslos und grausam seine Höllenfahrt gewesen war. Dass Jacob die Nacht mit Adams Kopf im Schoß verbracht hatte, seine Seele in Scherben.

»Er hat gesagt, dass es für ihn die einzige Art ist, zu überleben. Und ich habe ihm geglaubt. Ich glaube ihm.«

Sarah schaute ihn lange an.

»Er hat von dir gesprochen, Sarah.« Das sagte Jacob schnell, wiederholte es. »Er hat von dir gesprochen. Er wusste, dass du auf dem Weg hierher bist. Er war am Krepieren. Vielleicht nicht wirklich, aber so fühlte es sich für ihn an. Es gab keine andere Möglichkeit, die Finger vom Alkohol zu lassen. Sonst wäre er wahnsinnig geworden.«

Es blieb lange still.

»Und Muddy?«

Mary sah sie an.

Jacob schluckte. »Ich habe sie begraben, bei mir im Garten.«

3. See

Es war schon spät, als Sarah sich endlich in das Arbeitszimmer über Marys Laden zurückzog. Sie spürte die Müdigkeit der vergangenen Woche auf der Straße, das Verlangen nach Adam, das trotz allem immer größer gewesen war als die Sorge um ihn. Es war Mittwochnacht, und der nächste Flug nach Raven's Nook ging erst Montag.

Sie wälzte sich von einer Seite zur anderen. Stieg aus dem Bett, riss das Fenster auf. Wünschte sich kurz, Jacob wäre noch bei ihr. Um sie festzuhalten. Und ihr zu sagen, dass alles wieder gut werden würde. Damit sie es glaubte.

Sie schaltete das Licht ein, holte Bleistifte und Papier aus dem Rucksack und zeichnete. Schmuckstücke aus verschiedenen Perspektiven. Nach einer Weile war nur noch ihr Atem zu hören, der kratzende Bleistift und das raschelnde Papier. Rechnen, zeichnen und denken, bis die Welt in den Hintergrund trat.

Draußen wurden die Geräusche immer lauter. Vogelgezwitscher. Schritte auf den Planken, Menschen, die redeten, und Autos, die dröhnend vorbeifuhren. Sarah streckte sich und schaute auf die Blätter vor sich und auf dem Boden. Plötzlich war da wieder Anns Stimme.

Du ziehst dich in dein Haus zurück, Sarah, in dein Atelier, und da bleibst du, arbeitest und arbeitest, du vergisst zu essen, vergisst zu schlafen und vergisst zu denken. Und dann bist du wieder darüber hinweg. Tauchst wieder auf. Noch ein bisschen kälter als beim letzten Mal. Und glaubst, du wärst stärker geworden, reifer. Aber nein, du bist wieder mehr Arbeit und weniger Mensch.

Nein. Nicht so. Nicht bei Adam.

Unvermittelt stand sie auf, ging die Treppe runter und zu Jacobs Haus. Sein Rasen war gemäht, in der Mitte ein Stück frisch umgegrabene Erde. Muddy. Sie ging daran vorbei, auf die Veranda. Mit einer Scheibe Brot in der Hand machte Jacob ihr auf.

Sie hörte selbst, wie verzweifelt sie klang. Ob er sie zum Flugfeld bringen könnte. Selbst wenn sie sich dumm und dusselig bezahlte, sie wollte dort nach jemandem suchen, der sie zu ihm flog. Sie vermisste ihn so sehr, dass ihr ganzer Körper brannte.

Jacob zeigte auf den abgewetzten Sessel auf der Terrasse.

»Setz dich.« Er stellte sich vor sie, lehnte sich ans Geländer. Ruhig, unerschütterlich. »Was versprichst du dir davon, Sarah?«

Sie schüttelte den Kopf, zuckte mit den Schultern. Er ließ sie nicht aus den Augen.

»Da muss Adam allein durch. Man kann Wellen nicht aus dem Wasser prügeln. Das ist sein Kampf.« Er setzte sich neben sie.

Sie schaffte es nicht, den Schluchzer in ihrer Stimme zu unterdrücken. »Es fühlt sich an, als wäre er so verdammt weit weg, Jacob.«

»Wir können zusammen zum Flugfeld fahren, fragen, ob wir Raven's Nook anfunken dürfen, um zu hören, ob es was Neues gibt. Ansonsten bleibt uns nichts anderes übrig, als bis Montag zu warten.«

Der Mann in dem kleinen Büro übermittelte seinem Kollegen in Raven's Nook ihre Fragen. Sie hörten die Antworten. Viel wusste er nicht, aber es machte ihnen etwas Mut. Dass Adam immer noch im Hangar beim Flugfeld war. An den ersten Tagen in einem elenden Zustand, kurz vorm Krepieren. Danach hätten sie ihn zaghaft herumgehen sehen. Er hätte seine schmutzige Kleidung ein Stück weiter im Fluss gewaschen. Die Leute hätten ihm neugierig zugeschaut.

In den nächsten Tagen arbeitete sie im Zimmer über dem Laden. Abends war da Jacob. Jacob in der Kneipe. Jacob und June, ein paar Mal auch Seamus und Charles. Wenn sie ihr Tagespensum geschafft hatten, zogen sie zusammen los. Kanu fahren, wandern. Manchmal mit den anderen, meist nur sie und Jacob. Eine Schwere einte sie. Wie bei einem Dreieck, dem eine Ecke fehlte, bogen sie sich aufeinander zu. Der Montag rückte näher. Langsam, doch er rückte näher. Sarah schrieb Adam Briefe, bündelte sie, machte Zeichnungen für ihn.

Am Montag erwartete Jacob sie in seinem Pick-up, unten vor dem Geschäft. Auf der Ladefläche lag eine große Tasche. Sie hatte nur ihr Bündel Briefe bei sich.

»Keinen Rucksack?«

Sarah schüttelte den Kopf.

Der Pilot konnte ihnen mehr sagen. Es gehe Adam einigermaßen gut, erzählte er. Und fügte mit gutmütigem Spott hinzu, der junge Mann treibe sich mit der Ausdauer eines Welpen bei der Hütte des alten Geigenspielers herum. Eine der Älteren, eine Witwe, hatte Mitleid mit ihm bekommen, er durfte in ihrem Schuppen schlafen. Sie gab ihm auch Essen. Für diesen Sommer schien die Lage erträglich. Kein Lebenszeichen von ihm für sie beide. Kein Brief, kein Bericht. Sie gaben dem Piloten ihre Sachen für Adam mit.

Die Sorge quälte sie weiter, aber das Vertrauen wuchs. Sarah sah es auch Jacob an. Daran, wie sich sein Nacken wieder etwas entspannte. Als sie nach Forty Mile zurückfuhren, drehte sie sich zu ihm um.

»Entweder ich folge Adam, Jacob, oder ich fahre nach Hause. Und ihm zu folgen scheint keinen Sinn zu haben.«

Er starrte weiter vor sich hin. »Bleib noch einen Tag hier, Sarah. Einen Tag zum Abschied. Dann zeige ich dir den Norden so, wie ich möchte, dass du ihn in Erinnerung behältst.«

Jacob parkte seinen Pick-up am Fuß einer steilen Felswand. Wie Sarah trug auch er nur einen leichten Rucksack. Genug Essen und Getränke für den Tag. Sie wollten versuchen, zum Bergsee zu kommen. Das erste Stück an den Felsen entlang war steil und rutschig, die Wände waren noch kühl und klamm von der kurzen Nacht. Schweigend stiegen sie bergan.

Sarahs Muskeln brannten. Oben angekommen ließ sie die Rucksackriemen über die Arme gleiten, damit der Wind ihren Rücken trocken wehte.

»Ab jetzt wird es einfacher.«

Er führte sie weiter über den sanft ansteigenden Hang, zu einem niedrigen Wald. Ein schmaler, kaum einen Fuß breiter Pfad schlängelte sich zwischen den Bäumen hindurch. Im Wald erkannte Sarah, dass es ein sehr alter Pfad sein musste. Er hatte sich als Hohlweg zwischen die Baumwurzeln und Felsen gegraben, die Stämme der Eichen und Birken trugen wie bizarre Säulen das Gewölbe aus Ästen und Laub über ihren Köpfen.

Hinter dem Wald lag der nächste Hang, dieser war mit niedrigem Gestrüpp bewachsen. Als der Anstieg zu steil wurde und ihr Atem zu schwer ging, verstummte die Unterhaltung. Ihr Gespräch folgte dem Rhythmus der Landschaft.

Jacob zeigte auf den dritten Hang. Oben lag der See. Weil das Ende in Sicht war, gingen sie langsamer, redeten mehr, lachten.

Dann hob Jacob die Hand, legte den Finger an die Lippen und deutete auf einen Strauch. Unter den Nadelzweigen entdeckte Sarah Gefieder. Weiß, mit einer braunen Zeichnung. Zwei dicke Wildhühner wärmten sich dösend aneinander, hatten ihre Anwesenheit noch nicht bemerkt.

Jacob ließ seinen Rucksack lautlos zu Boden gleiten und zog ein Taschenmesser aus der hinteren Hosentasche. Er blieb vornübergebeugt stehen, wiegte sich sanft. Dann stürzte er sich schnell wie eine Raubkatze ins Gebüsch. Das Knacken von Zweigen, panisches Gackern und Jacobs triumphierender Schrei. Er hielt ein zappelndes Huhn an den Füßen in die Luft.

»Das ist okay für dich, oder?«

Sie nickte. Dann drehte er sich um und sie hörte den Vogelhals kurz und trocken knacken.

»Gut gemacht, Jäger. Soll ich jetzt Beeren sammeln oder so? Wurzeln ausgraben?«

Er grinste. »Nein, wir haben noch Brot und Käse, das reicht. Komm.« Sie nahmen das letzte Wegstück in Angriff.

Zwischen den Sträuchern ragten einzeln stehende kleine Fichten spitz in die Luft. Als sie immer niedriger wurden, wusste Sarah, der Baumbewuchs würde bald enden. Dann erblickte sie den See. Seltsam klar und friedlich lag er wie eine silberne Schale auf dem Bergkamm. Drum herum wuchsen struppiges Gras und lila Blumen. Nichts als der Wind war zu hören. Der Wind und ferne Vogelrufe.

Sie sammelte Holz, während Jacob das Huhn rupfte und ausnahm. Dazu gab es Brot und Käse, eine Flasche Wein.

»Du lernst schnell«, sagte Jacob lachend, als sie ihren Flachmann herausholte.

Das Huhn briet am Spieß, sie saßen am Feuer, auf dem alten Laken, das Sarah als Picknickdecke mitgebracht hatte. Langsam ging die Sonne unter. Die Spiegelung im See, ein paar Wolken am Horizont. Sarah machte sich Sorgen, weil es spät wurde, wegen der Dunkelheit und dem letzten Stück, der Felswand, an der sie auf dem Rückweg noch vorbeimussten.

Jacob beruhigte sie. »Polarnächte, Mädchen. Wenn es zu spät ist, warten wir einfach, bis es wieder hell wird.«

Sie teilten sich das Brot, den Käse, den Wein. Verbrannten sich die Finger am gebratenen Huhn und wischten sich das Fett vom Kinn. Sie redeten und lachten, bis es nichts mehr gab als den Augenblick. Sie beide am Ufer eines Bergsees. Sarah sah Jacob zu, wie er einen Knochen abnagte. Brotkrümel im Bart und Weinflecken auf den Lippen. Er erwiderte ihren Blick, dann verstummten beide.

Plötzlich knieten sie einander gegenüber. Er legte langsam die Hand an ihre Wange, sie packte sein Handgelenk. Fest. Zog ihn zu sich. Ihre Lippen auf seinen, leidenschaftlich. Sie zog ihn noch näher heran, wollte sich in ihm verlieren, verlor sich in ihm. Sie ließen sich hintenüberkippen, spürten die Ufersteine unter dem dünnen Laken. Dann war da Eile. Immer wieder küssten sie sich auf den Mund, die Kehle, die Brust. Finger streichelten heiße Haut, mehr Kleidungsstücke wurden abgestreift. Sie schlang die Beine um ihn, rollte mit ihm weiter, die Steine hart und kalt unter ihren verschlungenen Leibern. Er biss sie in den Hals, fest, dann küsste er sie sanft und legte seine Stirn an ihre. Als sie die Augen öffnete, sah sie ihn, der sie nicht aus den Augen ließ, während er sich in ihr hin und her bewegte, zustieß, sich zurückhielt, wartete, bis auch er sich in ihr verlor. Sarahs Höhepunkt war wie eine Windböe, heftig und unerwartet, allumfassend. Sie hörte sich schreien, spürte, dass er sich nicht länger zurückhielt, sich tiefer in sie stürzte, kam.

Danach lagen sie nebeneinander, Schulter an Schulter. Sarah zog die Beine an und streifte die Socke ab, die noch an ihrem linken Fuß hing. Ging zum Wasser und stieg in den eiskalten See. Langsam, Schritt für Schritt. Das Ufer fiel steil ab. Nur noch ein kleines Stück, dann musste sie schwimmen. Die Kälte verschlug ihr den Atem, sie schloss die Augen und tauchte unter.

Als sie wieder an Land kletterte, fühlte sich sogar der Wind auf ihrer nassen Haut warm an. Jacob saß noch da, wo sie ihn zurückgelassen hatte, er gab ihr das Laken. Sie wärmte sich am Feuer, bis ihre Haut brannte und spannte. Das kalte Wasser, das aus ihren Haaren tropfte, war eine willkommene Abkühlung. Er musterte sie weiter. Ungeniert. Frei.

Sie kniete vor ihm nieder. Setzte sich dann rittlings auf seinen Schoß, griff nach seinen Händen und drückte ihn hintenüber zu Boden. Wieder liebten sie sich. Bedächtiger. Zärtlich und besonnen. Seine Hände an ihrem Becken folgten ihren Bewegungen eher, als dass sie sie lenkten.

Als sie dann umarmt verschnauften, roch Sarah den Zigarettenrauch. Sie setzte sich auf und sah den Mann am Waldrand stehen, ruhig schaute er zu ihnen. Sie erkannte seine Art zu sitzen, seinen Körperbau.

Walker.

Schweigend setzte er sich ihnen gegenüber ans Feuer. Musterte ihre Nacktheit genauso schamlos, wie sie sich dabei frei fühlten. Er hob ein Stück gebratenes Huhn vom Boden auf und wischte die Asche ab. Nachdem er den Knochen abgenagt hatte, sah er sie über die Flammen hinweg an. Seine Augen verengten sich zu Schlitzen.

»Jacob und Young Adams Mädchen«, sagte er dann. Eine Feststellung.

Jacob schwieg. Er holte seinen Flachmann heraus, machte keine Anstalten, sich anzuziehen. »Ja«, bestätigte er.

Walker schaute in die Flammen. »Ich habe gehört, ein junger Musiker aus Forty Mile ist Hals über Kopf nach Raven's Nook geflüchtet. Das war also Young Adam.«

»Ja«, bestätigte Jacob erneut.

Walker sah ihn an. »Das Herz eines Liebenden ist frei zu lieben. Das Herz eines Freundes weniger.«

In Sarah stieg heiß der Zorn auf. Sie versuchte, ihren Ton zu mäßigen. »Adam ist auch mein Freund.«

Walker trank einen Schluck aus seinem Flachmann und schaute wieder ins Feuer. Neben ihr tastete Jacob nach den Kleidern, gab Sarah ihre. Seine Stirn war gerunzelt, das war sie von ihm nicht gewöhnt. Sie zogen sich an, in Ruhe, ohne sich zu verstecken.

Walker nahm ihr Brot und ihren Käse, bot ihnen Dörrfleisch an.

Sarah zögerte, fragte es dann aber doch. »Walker, hast du je mit einem Menschen zusammengelebt, den du geliebt hast, mit dem du aber auch befreundet warst?«

Er strich sich über den Bart, seufzte und rutschte ein wenig herum. Dachte lange nach. »Ich habe Menschen gekannt, die zueinander passen. Ihre Arme wie Puzzlestücke. Ihre Gedanken im Einklang. Ich bin kein Mensch, der passt.« Er schürte das Feuer. »Die Frauen, die ich am längsten geliebt habe, haben sich an mich angepasst. Bis sie nicht mehr die Frauen waren, für die ich mich entschieden hatte.« Dann sah er sie an. »Du bist diejenige, die bei Marion gewohnt hat.« Es war keine Frage, sondern eine Feststellung.

Sarah nickte, wunderte sich etwas über den unerwarteten Wortschwall bei diesem spröden, schweigsamen Mann.

»Ein Menschenleben ist es her, da gab es mal eine Frau, die war so wild wie ich. Ich war kein regloser Fels, und sie war kein geschmeidiger Körper, der sich anpassen wollte. Nein, wir waren der Strom und der Fels. Der Wind und der Regen. Einen ganzen Sommer lang. Bis sie den Norden wieder verließ. Ich hätte nicht gedacht, dass sie noch mal zurückkommt. Ein Mittsommernachtstraum.« Walker versank in Gedanken, schwieg.

»Aber sie ist zurückgekommen.« Jacob.

Walker sah hoch, kehrte von weit her zurück. »Ja, sie ist wiedergekommen. Und ich habe sie wiedergesehen. An der Seite des Mannes, den ich am liebsten hatte. Und sie passten zueinander wie Puzzlestücke.«

»Hast du versucht, sie zurückzuerobern?«

Walker lachte leise. »Sie war keine Frau, die man erobern konnte. Erobern kann. Die sich je erobern lassen wird.« Mit beherrschten, geschmeidigen Bewegungen stand er auf. Nahm Holz von dem Stapel, den Sarah gemacht hatte, vorhin, vor ewigen Zeiten.

»Der Mann an ihrer Seite war der beste Mann, den ich je kannte. Er war ihrer würdig. Es hat keinen Sinn, um etwas zu kämpfen, was sich nicht erobern lässt.«

Jacob ließ nicht locker. »Tut es dir leid, dass du nicht gekämpft hast?«

Walker zuckte mit den Schultern. »Er war mein Freund und ich liebte ihn. Sie war meine Freundin und ich liebte sie. Die Zeit entscheidet, mit wem wir unser Leben teilen.«

Er nahm seinen Lederrucksack, schnallte die warme Decke ab, die daran festgeschnürt war. »Da. Hängt sie in die große Birke, unten bei den Felsen, morgen. Ich finde sie dann.«

Er nahm den Rucksack, hob sein Jagdgewehr auf und hängte es sich über die Schulter. Er sah zum Bergsee.

»Wenn ich geahnt hätte, dass sie wiederkommt, hätte ich dafür gesorgt, dass sie *mich* als Ersten sieht. Egal, wie viele Nächte ich auf dieser verdammten Straße hätte warten müssen. Ich hätte alles dafür getan, dass ich der Erste bin, dem sie über den Weg läuft.« Damit drehte er sich um und ging zum Waldrand, nach Osten, wo die Sonne fast schon wieder aufging.

4. Sommersand

Mary las es an ihrer Haltung ab, als sie hintereinander in den Laden kamen. Sie sah es an ihren Bewegungen, an ihrem vorsichtigen Jonglieren zwischen Kameradschaft und Gewissensbissen.

Jacob und Sarah standen vor ihr, die Hände auf der alten Ladentheke. Sie baten um Papier und Umschläge. Mary führte sie in die Küche, gab jedem eine Tasse Kaffee. Dann legte sie einen Block Briefpapier auf den Tisch und zog sich in den Laden zurück, schloss die Zwischentür. Nach einer Weile hörte sie den Hintereingang zufallen, Jacobs Stimme im Garten, die auf Franks fragendes Bellen antwortete.

Kunden kamen und gingen. Der Nachmittag zog sich hin.

»Mary …« Sarah schob zwei Umschläge über die Theke. Mary erkannte Sarahs Handschrift und die von Jacob, auch wenn beide nur einen einsamen Namen auf die Vorderseite der Umschläge geschrieben hatten: Adam.

Sie verwahrte die Briefe in dem Postschrank aus Holz über dem Telefon.

Zum letzten Mal in diesem Sommer saß Sarah neben ihr auf der Veranda. Zusammen betrachteten die Frauen die untergehende Sonne, die die Häuser und die Bergwand hinter dem Laden orange färbte.

Sarah warf ihr einen Blick zu. »Du hast mir nie auf meine Fragen über dein Triptychon in Vancouver geantwortet.«

Mary räusperte sich. Sie hatte genug Zeit gehabt, darüber nachzudenken. »Seit ich in Forty Mile bin, bin ich froh, nicht mehr Marion zu sein. Ich habe überhaupt keinen Ehrgeiz, etwas daran zu ändern, so kurz vor meinem Lebensende.«

Sie sah Sarah schlucken. Hörte ihre zögerliche Stimme.

»Ich habe mit der Frau gesprochen, die über dich forscht.«

Mary starrte vor sich hin. Ihre Bauchmuskeln spannten sich an.

»Hast du ihr gesagt, wie ich heiße?« Sie hörte die plötzliche Kälte in der eigenen Stimme.

»Nein! Nein. Ich habe ihr nichts über dich gesagt. Nur Fragen gestellt. Wonach sie genau forschen will. Sie will deinen Ruf als Künstlerin verteidigen.«

»Du darfst mich fragen, was du willst, Sarah. Ich werde dir antworten. Oder du suchst selber im Museum nach Antworten. Du darfst ruhig meine Geschichte hören. Aber ich nehme mir das Recht heraus, bis zu meinem Tod nur Mary Calhoun zu bleiben. Das musst du mir gönnen. Weiter nichts. Walker und du, ihr seid die Einzigen, die meinen alten Namen noch kennen.«

Sarah setzte sich auf. »Walker war da. Am Bergsee. Als ich mit Jacob da war. Er hat uns gesehen. Er hat vom Sommer mit dir erzählt, als ihr jung wart.«

Mary verbarg ihre Verblüffung hinter einem Lächeln.

Sarahs Ton war tastend. »Es klang, als hätte alles anders sein können, wenn du ihn als Ersten gesehen hättest, als du in den Norden zurückgekommen bist.«

Mary versuchte, ihre Gedanken wieder in den Griff zu bekommen. »Ich weiß nicht.« Sie schwieg lange Zeit. »Ich war frei, damals. Das erste und intensivste Mal. Ich dachte, ich komme nie mehr hierher zurück. Wir sind einander geschehen, einen ganzen Sommer lang, und das war es dann.« Sie schenkte ihnen nach. »Und jetzt bin ich eine alte Frau. Die Zeit ist eine unbegreifliche Sache, sie sät und sie erntet Möglichkeiten und Chancen. Wenn man denkt, Kontrolle darüber zu haben, wird man bloß bitter.«

Sie zog sich ins Schweigen zurück. Strich über das Bärenfell auf der Armlehne.

Walker. Rick. Sie hörte Sarah ins Haus gehen.

Seit Jahren, Jahrzehnten war es Rick, an den sie dachte. An den Mann, der langsam an ihrer Seite älter geworden war. Daran, wie sich die Zeit in seinem Bart abgezeichnet hatte, der sich verfärbte, und daran, wie sie stehen geblieben war, an dem Tag, als er starb. Auch Walker hatte sie altern sehen, die seltenen Male, die sie ihn noch zu Gesicht bekam. Ein mehrfach belichteter Film, bei dem sich das jeweils letzte Bild über die vorherigen legte. Bei beiden Männern. Sie hatte nur wenige Fotos aus der Anfangszeit, als sie alle noch jung waren. Trotzdem sah sie beide jetzt wieder so vor sich wie damals. Roch wieder die Sonne auf dem Sand, an dem Tag, als sie merkte, dass Rick und Walker zusammengehörten.

Es war genau in der Mitte des Sommers, in dem sie mit Rick in Moose Creek wohnte und ganze Tage an dem Bild malte, das ihr endgültiger Abschied von ihrem alten Leben werden sollte. Ein Triptychon. Einen Monat zuvor hatten sie Ricks Truck vollgeladen mit Skizzenbüchern, Leinwänden und Farbe, Firnis und Pinseln, und waren über schmale Bergsträßchen an diesen verlassenen Ort gefahren. Wochenlang hatte sie gearbeitet, tagaus, tagein. Skizziert, verworfen und von vorn angefangen. Zuerst in der Holzhütte, von der Rick eine Außenwand abriss, damit sie genügend Licht hatte. Und dann, als es immer heißer und trockener wurde, draußen in der sandigen Bucht, wo der Wind die Kühle des Flusses zu ihr her wehte. Neben der Staffelei lagen die Holzstücke für den Rahmen. Tagelang hatte Rick im Treibholz gesucht, bis er die richtigen Stämme fand. Er sägte sie zurecht und schnitzte, kerbte sie mit derselben Geduld und Ausdauer, mit der Mary zeichnete und malte. Als die kurzen Nächte die Farben auf Marys Gemälde verblassen ließen, schnitzte er am Feuer weiter.

In diesen Wochen wechselten sie kaum ein Wort. Wenn Rick von seinen Expeditionen zurückkam, griff sie manchmal nach seiner Hand, zog ihm Hemd und Gürtel aus. Dann zwang sie seinen Arm oder sein Bein in eine bestimmte Haltung und studierte die Zeichnung der Muskeln und Knochen unter der Haut. Er ließ es über sich ergehen, ließ sie gewähren und sich das Bild einprägen. Wenn er in ihren Augen las, dass sie es abgespeichert hatte, löste er sich aus der gezwungenen Haltung, packte sie und hob sie hoch. Trug sie dorthin, wo er sie haben wollte. Dann tobten sie sich aus, und danach nahm sie an ihrem Gemälde die Änderungen vor, die sie an seinem Körper gesehen hatte.

Es geschah an dem Tag, als sie gesehen hatte, dass das Werk fertig war. Die Sonne brannte auf ihre Schultern herab, trocknete die Farbschichten zu schnell, sodass sie zu hauchzartem Craquelé zerbarsten. Verdammt vollkommen. Genau da, den Geruch von Sonne und Sand in der Nase, hatte sie gespürt, dass sie das Triptychon nicht dem Auftraggeber überlassen wollte. Nicht das. Nicht so. Sie spürte, wie sie wütend wurde.

Er hatte sie wohl schon lange vom Waldrand aus beobachtet, ehe sie ihn bemerkte. Langsam kam er zu ihr. Vor Überraschung verrauchte ihre Wut rasch. Hier erst, in Moose Creek, wo sie mit Rick lebte, wurde er wirklich. War kein über zwei Jahre altes Traumbild mehr. Walker.

Er blieb in einiger Entfernung stehen, sie wollte die Distanz verringern, rührte sich jedoch auch nicht. Er war kleiner als in ihrer Erinnerung, seine Augen schöner. Er stand genauso reglos wie sie.

»Ich habe mir sagen lassen, Rick lebt hier seit Kurzem mit einer Frau zusammen«, sagte er schließlich. »Ich wollte ihn besuchen und sie treffen. Mary, so haben sie dich genannt.«

Wieder schwieg er lange Zeit.

»Ich hätte es wissen müssen«, sagte er dann sanft.

Er wandte sich zu dem Bild auf der Staffelei um. Sie betrachteten es gemeinsam. Er fuhr mit den Fingern über die Leinwand, ging um die Staffelei herum und musterte die anderen Tafeln des Triptychons, die ein Stück weiter weg an einen Baumstumpf lehnten. Er sah sich jedes Teil an, eins nach dem anderen. Dann drehte er sich um.

»Gibt es eine Reihenfolge?«

Sie legte die Stücke richtig hin und zeigte ihm, wie alles zusammenpasste. Erst die Außenseite der Flügel, die in geschlossenem Zustand die große Mitteltafel verbargen, dann die Innenseite, die sie in geöffnetem Zustand flankieren sollten. Er schaute. In der Hocke und im Stehen, von Nahem und von Weitem. Dann stellte er die größte Tafel auf die Staffelei zurück.

»Ist es fertig?«

Sie nickte. Die schwelende Wut flammte wieder auf.

Er musterte sie. »Du bist wütend.«

»Ich gebe es ihnen, aber ich gönne es ihnen nicht.«

Lange blieb sein Blick auf ihr liegen. »Dann gib es ihnen nicht.«

»Ich will, dass es ein Ende hat. Aus, Schluss, vorbei. Ich muss ihnen etwas geben.«

»Für wen ist es?«

Sie schüttelte den Kopf. Sie wollte Walker nicht in ihr Leben in der Stadt, das sich gerade zerschlug, hineinziehen.

»Kannst du es behalten?«

Wieder schüttelte sie den Kopf.

»Wie sicher bist du dir?«

Sie wunderte sich über seine Frage. »Sicher?«

»Dass du es ihnen nicht gönnst. Wer auch immer ›sie‹ sind.«

»So sicher, wie ich mir nur sein kann.«

Da brach alles über sie herein: ihr monatelanges Gefühl von Ohnmacht, das Unrecht, das ihr angetan worden war, dann die neue Welt, die Walker ihr vor zwei Sommern gezeigt hatte, Rick, der ihr plötzlich ein ganz anderes Leben bot, das Triptychon vor ihr, das größer war als alles, was sie je geglaubt hatte zu können … Sie spürte Walker in ihrem Rücken, badete in seinem Geruch und seiner Wärme. Seine Hand berührte ihre. Seine Finger, die ihr den Griff in die Hand legten, das Klicken, als er die Klinge aufschnappen ließ. Seine Hand führte ihren Arm in die linke obere Ecke der Leinwand. Dort ließ er ihre Faust los, seine Hand blieb auf ihrem Handgelenk liegen. Abwartend stand er hinter ihr, seine Brust in ihrem Rücken, sein Atem in ihren Haaren. Als sie zustach, legte er die Stirn an ihren Hinterkopf. Seine Hand lag leicht auf ihrem Gelenk, half ihr beim Schneiden. Ein langsamer Schnitt, der rechts unten endete. Danach nahm er ihr das Messer wieder ab und steckte es in seinen Gürtel zurück.

Den Schnitt auf ihre Netzhaut gebrannt, drehte sie sich zu ihm um. »Danke.«

Er zog sie zu sich heran. Sie nahm sein Gesicht in die Hände, küsste ihn zum Abschied.

»Bye, Walker.«

»Bye, Marion.«

Sie sah ihm nicht nach, als er ging.

Mit den Füßen im Wasser wartete sie am Steg auf Ricks Rückkehr. Sie hörte seinen Schrei beim Anblick der Leinwand. Er kam zu ihr, die Fragen standen ihm ins Gesicht geschrieben.

»Warst du …?«

Sie antwortete nicht.

Fluchend verschwand er in der Hütte. Dort hörte sie ihn wühlen und kramen. Er kam mit einer Rolle Gewebeband zurück.

Ach. Wie er vor dem Gemälde gestanden hatte. Ohnmächtig, fuchsteufelswild und verständnislos, das Gewebeband in den Händen.

5. Stay gold

Von allen denkbaren Ursachen, nach Forty Mile zu-
rückzukehren, war die unwahrscheinlichste eingetre-
ten: Adam wurde hingeschickt mit einem Auftrag und
der Bitte, danach wieder nach Raven's Nook zurückzu-
kehren. Und mehr noch als über sein Wiedersehen mit
Jacob, vielleicht mit Sarah – Sarah, Sarah, war Sarah
noch in Forty Mile? –, zerbrach er sich den Kopf darüber,
wie er dem alten Mann klassische Partituren beschaffen
konnte. Er würde gleich in Marys Laden gehen. So lange
rumtelefonieren, bis er die Nummer der Musikalien-
handlung in seiner Heimatstadt hatte, anrufen, sie be-
knien, die Partituren zu bestellen und hierherzuschi-
cken. Noch eine halbe Stunde bis zur Landung, schätzte
er. Mit dem Piloten hatte er schon vereinbart, dass er auf
jeden Fall, egal wie, den nächsten Flug zurück in den
höchsten Norden nehmen würde. Morgen.

Es gelang ihm immer noch nicht, seine Tage in Raven's
Nook zu zählen. Wie lange hatte er im Hangar beim
Flugfeld gelegen, kurz davor, zu verrecken? Drei Tage?
Eine Woche? Länger? Er konnte sich an den ersten Tag
und die erste Nacht erinnern. An die Ankunft. An seine

plötzliche Verlegenheit, als ihm klar wurde, dass er die Menschen dort nicht verstand.

Danach fing er an zu zittern. Zuerst seine Finger, dann seine Hände, die Arme und Schultern. Übelkeit rollte in Wellen über ihn hinweg, bis er sich mürbe gekotzt in eine Ecke verkroch. Er konnte kein Tageslicht ertragen und blieb drinnen, erschlagen von seinem eigenen Gestank.

Ab und zu dämmerte er weg, fiel in einen fiebrigen Schlaf. Später sah er, wie seine Kleider anfingen, sich zu bewegen, und er geriet in Panik. Die Webfäden seines Ärmels lebten, öffneten und schlossen sich wie kleine Münder. Schnappend, saugend. Schreiend zog er die Jacke aus, schleuderte sie von sich und kroch zurück in seine Ecke. Es verschlug ihm den Atem, als auch der Stoff seines T-Shirts zum Leben erwachte. Der seiner Hose. Er wusste noch, wie er sich alles vom Leib gerissen und so weit wie möglich von sich geschleudert hatte, sich nackt und kreischend an die harten, kalten Wellblechplatten des Hangars gepresst hatte.

Ab und zu nahm er Gestalten in der Tür wahr. Weil sie im Gegenlicht standen, erkannte er nur ihre Silhouetten. Männer, Frauen, Kinder. Einer dieser Menschen kam manchmal näher. Das merkte er an dem Wasser, das er in seiner Nähe vorfand. Eine Metallkanne und ein Plastikbecher. Manchmal fand er auch ein Stück Brot oder Dörrfleisch.

Er sah ihr faltiges Gesicht, als sie sich neben ihn kniete, ihm einen Blister mit Tabletten vor die Nase hielt und ihm bedeutete, ihn zu nehmen. Sie zwang ihn, eine Pille zu schlucken. In den darauffolgenden Tagen fiel ihm auf, dass die Frau regelmäßig kam. Die Tabletten wirkten, vielleicht hatte sich aber auch sein Körper ausgetobt, das Gift verbraucht. Langsam kroch er Richtung Tür. Wagte einen Blick nach draußen. Stand auf. Dann der erste vorsichtige Rundgang, schwankend, an der Wand des Hangars abgestützt. Als er sich endlich im Fluss wusch, saß die Frau ein Stück weiter am Ufer und schaute ihm zu. Sie nahm ihn mit, weg vom Flugfeld, zu ihrem Häuschen am Rand des Dorfes. Zum ersten Mal seit Tagen oder gar Wochen saß er auf einem Stuhl. Nahm eine warme Mahlzeit zu sich. Danach zeigte sie ihm einen Schuppen ein Stück weiter. Beauftragte zwei Männer, ihm seine Sachen zu bringen. Da hatte er zum ersten Mal ihre Stimme gehört. Den Klang ihrer Sprache. Ihm fiel auf, mit welchem Respekt die beiden Männer sie behandelten.

Dann war da seine Geige. Seine Suche nach dem alten Geigenspieler. Der lebte noch abgeschiedener als die alte Frau. Die Leute brachten ihm Dinge. Essen, Getränke. Leisteten ihm Gesellschaft. Mit unbewegter Miene empfing der Alte sie an der Tür. Die grau verschleierten Augen ernst, obwohl sie sicher kaum noch etwas erkannten. Diese Augen musterten auch ihn, als er es endlich wagte, anzuklopfen. Zögernd nannte er den Grund für seinen Besuch. Die Tür ging mitten im Satz zu. Am nächsten Tag kehrte Adam zurück. Und am übernächsten. Er hörte den Alten musizieren. Überlegte krampfhaft, welche Arbeit er ihm abnehmen konnte. Holz hacken, den Kiesweg harken. Jedes Mal, wenn die Tür wieder zufiel, nahm seine Entschlossenheit zu. Auf dem Baumstumpf vor dem Schuppen versuchte er dann nachzuspielen, was er tagsüber gehört hatte. Je näher er dem Alten kam, desto mehr zog der sich zurück.

Die anderen belustigte das, sie gaben eine Art Bellen von sich. Nach einer Weile begriff Adam, dass sie sich über ihn lustig machten. Weil er sich benahm wie ein junger Hund. Doch er spielte weiter, ließ nicht locker. Stunde um Stunde wiederholte er die Reels und Quadrillen, die er vom alten Geigenspieler gehört hatte.

Die Wende kam, als er sich an einem Abend die Zähne am Rhythmus ausgebissen hatte und plötzlich begann, ein klassisches Stück zu spielen. An jenem Abend waren seine Finger die ganze Zeit über eine Tonfolge gestolpert. Sie wollte ihm nicht aus dem Kopf, wirbelte weiter darin herum. Bis seine Finger sich plötzlich an eine Melodie hängten, die er seit Jahren nicht mehr gespielt hatte. Ein Ritornell, das sich in einem Winkel seines Gedächtnisses festgesetzt hatte, ein Stück, das durch den jahrelangen Drill am Konservatorium jetzt wieder hochkam. Athabaskischer Folk wurde zu Bach, und plötzlich geriet die Musik ins Fließen. Ein Concerto, das er sicher ein Dutzend Jahre nicht mehr gespielt hatte. Wieder und wieder spielte er es, an jenem Abend und in jener Nacht, stundenlang.

Am nächsten Tag hackte er entschlossen Holz vor dem Haus des alten Mannes. Zum ersten Mal öffnete der von selbst die Tür, beschimpfte ihn. Doch als er wieder reinging, ließ er die Tür offen stehen. Adam spürte eine gewisse Annäherung. Als er die Hütte zaghaft betrat, saß der alte Mann in seinem Sessel, die Geige im Anschlag, spielte eine Phrase aus dem Concerto vom Vorabend nach. Unbeholfen, ein wenig kratzend. Anschließend drückte er Adam seine Geige in die Hand. Der verstand die Aufforderung.

Langsam, jeden Tag ein bisschen mehr, lernten sie voneinander. Der alte Geigenspieler machte ihm in seiner Mischung aus Englisch und Gwich'in klar, dass Adam sich nicht noch einmal an seinem Holz vergreifen sollte – ein Zehnjähriger könnte besser Holz hacken als er. Aber kochen durfte er. Also kam er abends zu ihm und kochte; Gemüse und Fleisch, die die alte Frau ihm mitgab.

Er hatte gemerkt, dass der Mann Noten lesen konnte und ihm die Partituren geschenkt, die er bei sich hatte. Umgekehrt hatte der Alte sich die Zeit genommen, Adam die Rhythmen und Melodien der athabaskischen Lieder beizubringen. Die andere Art, zu greifen, das Stampfen mit dem Fuß. Das höllische Tempo.

Bei der Ankunft auf dem Rollfeld ließ er sich von niemandem im Auto mitnehmen. Er ging die drei Meilen zu Fuß, die Geige auf einer Schulter, die Tasche über der anderen. Je näher er Forty Mile kam, desto nervöser wurde er, aber der Grund für seine Aufregung veränderte sich. Die Partituren blieben wichtig, doch mit jedem Schritt wurde ihm deutlicher, dass er sich Sarah näherte. Als würde er jetzt erst aufwachen. Anfangs waren da der Alkohol und der Entzug gewesen, dann der Geigenspieler und die Musik. Und jetzt Sarah. Selbst wenn sie nicht mehr da war, würde er etwas von ihr antreffen. Einen Brief, eine Nachricht, eine Geschichte.

Mary kam hinter der Ladentheke hervor und umarmte ihn fest.

»Ist Sarah noch da?«

Sie kehrte hinter die Theke zurück, ging zu dem Holzfach mit der Post. »Sie ist schon über einen Monat weg, Adam.«

Dann legte sie ihm zwei Briefe hin, und noch einen dritten, in einem wattierten, frankierten Umschlag. Eher ein Päckchen als ein Brief. Adam musterte die Umschläge vor ihm. Zwei waren von Sarah. Das Päckchen voller Briefmarken hatte sie erst aus Vancouver abgeschickt. Auf dem anderen Kuvert stand nur sein

Name, genau wie bei dem anderen Brief. Von Jacob. Beide steckten in identischen Umschlägen. Er sah Mary an, ihr Schweigen. Zweifelte lange und griff dann als Erstes nach Jacobs Brief.

Erst als er bei dem Namen unten auf der Seite angelangt war, merkte er, dass er die ganze Zeit die Luft angehalten hatte. Seine Gliedmaßen fühlten sich wie gelähmt an. Er schaute auf, Mary stand mit ausgebreiteten Armen vor ihm. Doch er konnte sich nicht durchringen, einen Schritt auf sie zu zu machen. Also kam sie zu ihm, griff nach seinem Handgelenk.

»Jacob ist noch in Forty Mile. Er wollte dich vor seiner Abfahrt noch sehen.«

Sie fuhren zusammen auf den Berg hinter der Stadt. Oben stiegen sie aus und blickten Richtung Norden, während der Wind wütend an ihren Kleidern zerrte. Bis Adam sich zu Jacob umdrehte.

Und einmal zuschlug, mit aller Kraft. Jacob verteidigte sich nicht. Adam traf ihn voll auf den Wangenknochen. Einen Moment lang übertönte der Schmerz in seiner Faust das Toben in seinem Inneren. Jacob schwankte, blieb aber stehen. Er hätte Adam locker besiegt, wenn er zurückgeschlagen hätte, das wusste auch Adam, doch das tat er nicht. Es war nicht sein Kampf.

An diesem Abend spielten sie ein letztes Mal zusammen in der Kneipe. Unangekündigt. Auf dem

Weg zur Bühne sah Adam niemanden an. Hier und da hörte er jemanden, der ihn erkannte, etwas rufen, doch keiner kam zu ihm. Ohne einen Blick auf Jacob zu werfen, legte er los. Sie spielten nur Instrumentalstücke, kriegten den Mund nicht auf. Adam erhöhte das Tempo. Sah, dass Jacob ihm auf die Hände schaute, auf seine veränderte Art zu stampfen. Bei den neuen Rhythmen kam Jacob kaum hinterher. Adam stampfte kräftiger, suchte sich die schwierigsten Reels aus und hetzte Jacob weiter.

Langsam kamen die Leute näher zur Bühne, doch keiner klatschte, keiner schrie, keiner sagte einen Ton. Adam blickte in ihre Gesichter. Trieb Jacob verbissen weiter an, bis der nicht mehr konnte. Dann ließ er abrupt die Geige sinken und stieg von der Bühne.

Im Zimmer über der Kneipe las er Sarahs Brief. Öffnete das Päckchen. Ein Armband. Er probierte es an. Ein glühender Stich der Eifersucht durchfuhr ihn, als er merkte, dass das Armband zu groß war für sein Handgelenk. Jacob war kräftiger. Doch dann begriff er, dass es für den Oberarm war, ein Band, wie es auch Sarah trug. Er löste es vom Handgelenk und drehte es in den Fingern. Gehämmertes Silber, perfekt poliert, wie all ihre Stücke. Innen sah er einen gravierten Schriftzug. Drehte es um und las. *Stay gold*.

Bevor die Welle unvermischten Kummers seine Wut ertränken konnte, holte er tief Luft. Dann knöpfte er sein Hemd auf und legte sich das Band um den linken Oberarm. Zog das Hemd wieder darüber und packte seine Tasche. Er ging aus dem Zimmer, die Treppe hinunter. Ohne irgendjemanden anzusehen, lief er aus dem Haus, auf die Straße, aus der Stadt, zum Rollfeld.

V

1. Das Jüngste Gericht

Die Übelkeit kam und ging nicht wieder weg. Seit Anfang des Herbstes arbeitete Sarah daran, ihrer Kollektion den letzten Schliff zu geben. Die Schmuckpräsentation war auf große Begeisterung gestoßen, die Werbekampagne wurde auf Reklametafeln und in Modezeitschriften gezeigt. Der Name der Schmuckfirma auffällig, Torun stand darunter. Es hatte Interviews gegeben, Artikel waren erschienen. Je bekannter sie wurde, desto mehr zog sie sich in ihr Haus zurück.

An diesem Morgen wusste sie nach dem Aufwachen gleich, dass sie heute nicht arbeiten wollte. Sie schlüpfte in ihre festen Schuhe und ging die fünf Meilen zum Museum zu Fuß. Kahl winkten die Bäume den vorbeiziehenden Wolken nach.

William war da, zum Glück, und führte sie wieder durch die Gänge und bis zu der großen Flügeltür. »Möchten Sie erst das Künstlerdossier lesen oder erst schauen?«, fragte er sie, bevor er an die Tür der Hüterin des Schlüssels klopfte.

»Hm.« Sie überlegte. »Erst lesen.«

Er sprach mit der Hüterin des Schlüssels. Im Archiv roch es nach muffigem Papier und abgestandenem Kaffee. Die Frau ging vor ihr, fuhr mit dem Finger über Pappschachteln und Mappen, las die Etiketten, blieb dann stehen und sagte triumphierend. »Hier. Marion Goodwin.«

Mit dem Karton in den Armen ging Sarah zu dem Tisch, den die Hüterin des Schlüssels ihr zugewiesen hatte, dort öffnete sie ihn. Ein paar schmale Kataloge, Mappen mit Unterlagen, offiziell wirkenden Dokumenten und Zeitungsausschnitten. Stapelweise Zeitungsausschnitte.

Sie fing bei den Katalogen an. Darin waren Schwarzweißfotos anderer Gemälde von Mary zu sehen, in Ausstellungsräumen, aufgehängt zwischen den Werken anderer Künstler. Danach blätterte Sarah die offiziellen Dokumente durch. Kopien von Versicherungspolicen, Eigentumsurkunden. Sie sah den Titel des Triptychons, das Datum, die Unterschrift des Auftraggebers.

Dann kam der Stapel Zeitungsausschnitte. Fast alle Artikel stammten aus ein und demselben Jahr: 1952. Verteilt über mehrere Monate. Sie nahm sich vor, die Überschriften zu ignorieren, las sie am Ende doch, spürte, wie ihre Übelkeit zunahm. Ihre Bauchmuskeln spannten sich an, und sie versuchte, ruhig weiterzuatmen.

In den nächsten Stunden las sie, versenkte sich in Marys Geschichte, die sie erst nach und nach begriff.

Da hatte es Marion gegeben, eine aufstrebende junge Künstlerin. Preise, die sie schon während der Ausbildung gewann, erste Ausstellungen, kleine Verkaufserfolge. Dann nahm ihre Karriere einen rasanten Aufschwung, größere Ausstellungen, Abhandlungen über ihr Werk. Und plötzlich standen ein Dutzend Kommentare über Marion Goodwin in der Presse. Zwei Namen, die eine verbissene Diskussion über ihr Werk führten. Als sie den Namen des ersten Verfassers las, blieb ihr die Luft weg. Sie wusste, wer das war. Der große amerikanische Kunstkritiker. Als Vorkämpfer des abstrakten Impressionismus beharrte er auf seinem Glauben an den ewigen Fortschritt in der Kunst. Und der hatte über Mary geschrieben?

Der zweite Name sagte ihr nichts.

Sarah verfolgte den Verlauf der Debatte. Der Amerikaner hatte Marions Werk zunächst nur beispielhaft genannt. Ihren Namen als einen von vielen in der Auseinandersetzung darüber, was Avantgarde war und was Kitsch. Für ihn fiel Marions Werk eindeutig in die zweite Kategorie. Die Gegenrede des anderen Kritikers war leidenschaftlich. Bei seinen Beschreibungen der Werke ging Sarah das Herz auf, er widersprach den Behauptungen des Amerikaners über Marion und ihre Kunst auf das Entschiedenste.

Danach kam es zu einer Polemik. Marions Werk wurde zu einem Spielball in einem hitzigen Wortgefecht. Der Amerikaner hielt die gegenständliche

Malerei für tot, wenn es nach ihm ginge, bräuchte sie auch nie wiederbelebt zu werden, das belegte er mit Beispielen aus Marions Werk; für den anderen Kritiker galt das Gegenteil, für ihn war eben dieses Werk der ultimative Beweis, dass keine Geschichte je zu Ende erzählt wäre, in keinem Medium, keinem Stil. Große Künstler würden über sich und ihren Stil hinausweisen.

Auf beiden Seiten war der Ton aggressiv.

Dann fanden die Kommentare in der Presse plötzlich ein Ende. Der nächste Artikel in der Mappe war sehr lang. Als Sarah die Überschrift las, wurde ihr kalt ums Herz.

Das durfte nicht wahr sein.

Ein anonymer Kunstliebhaber wollte der Nationalgalerie in Vancouver eine ungeheure Summe für einen dringend benötigten neuen Flügel schenken. Unter einer Bedingung. Das Geld würde nur dann fließen, wenn er die Zusage bekam, dass Marions Werk eine zentrale Rolle in dem Neubau spielen würde. Der absurde Versuch des Kunstmäzens, die Bedeutung von Marions Werk auf diese Weise unter Beweis zu stellen, setzte der Debatte ein Ende. Er glaubte, alle würden Marions Werk als große Kunst ansehen, wenn sie im wichtigsten Museum des Landes hing. Keine Diskussion mehr. Die Hängung sollte den Wert bestimmen.

Es folgten weitere Zeitungskommentare, aber von anderen Männern. Diejenigen, die Marion geschätzt hatten, kehrten sich nun von ihr ab, angewidert von der kommerziellen Wendung, die das Ganze plötzlich genommen hatte. Ihre Kunst wurde durch den Dreck gezogen. Nun drehten sich alle Artikel um die verachtenswerte Käuflichkeit der Kunst. Darum, wie Geld zu ihrem totalen Niedergang beitrug. Verschwunden war jede Wertschätzung, die Sarah in der Debatte der beiden großen Namen zwischen den Zeilen gelesen hatte.

»Die verbrannte Künstlerin.« So hatte William sie genannt.

Das Triptychon war für dieses Museum entstanden, also wurde der Flügel gebaut. Marion hatte zugesagt, sie hatte ein neues Auftragswerk erschaffen.

Die letzten Artikel las Sarah nicht mehr. Die Überschriften sagten genug. Wie Marion vom Erdboden verschwunden war. Wie schließlich doch noch, kurz vor der Eröffnung des Flügels, ein neues Werk von ihr auftauchte. Willkürlich beschädigt. Auf der Rückseite mit Gewebeband repariert, amateurhaft. Vom Geheimnis um denjenigen, der den Rahmen erschaffen hatte. Und dass seither jede Spur von Marion fehlte. Damit endete es.

Niedergeschlagen lehnte sich Sarah zurück. Bat die Hüterin des Schlüssels, die sich an den Schalter gesetzt hatte, das Triptychon noch einmal sehen zu dürfen. Die Frau blickte sie prüfend an, fragte, ob alles in Ordnung sei. Sie ging zum Depot vor, ohne Gemecker diesmal, und ließ Sarah selbst die schwere Schiebewand herausziehen. Die Absätze der Frau klackerten, als diese sich entfernte. Dann fielen die Türen zu.

Sie strich mit den Fingern über den Rahmen. Die eingekerbten Motive, die Titel der Allegorien. Zwischen den Motiven, in der rechten unteren Ecke der äußeren Tafel entdeckte sie ein deutliches »R. Calhoun«. Sie betrachtete noch einmal lange Zeit die Außenseite des geschlossenen Triptychons. *Norden* und *Fortuna*, Marions Ode an den Norden. Sie lächelte. Vorsichtig öffnete sie beide Tafeln. Da war sie. Die Abrechnung mit ihrem Leben im Süden. Ein zeitgenössisches Jüngstes Gericht. Auf der linken Tafel war eine Treppe abgebildet, die gegenständlich begann und nach oben hin in wilde Striche und Spritzer zerfiel, in Fraktale mündete. Das Zukunftsideal des amerikanischen Kritikers. Marions Version seines Himmels. Auf der rechten Tafel war die Hölle abgebildet. Von Flammen umzingelte, sich windende nackte Körper, im Hintergrund brennende Wolkenkratzer. Jede Figur war in einem unterschiedlichen Stil gehalten. Wahnwitzig und chaotisch, beängstigend schizophren. Bei den fallenden Gestalten waren die Augen ausgestochen, die Hände abgehackt, der Mund versiegelt. Auf der großen Mitteltafel prangte der Erzengel, mit Zeitung und Stift in der Hand. Umgeben von einem Wirrwarr kriechender und stehender Männer und Frauen, die voller Anbetung zu ihm aufblickten. Ganz oben waren Jesus, die Jungfrau Maria und die Engel, ihre Gesichter zu spöttischen Grimassen verzogen. Der Schnitt verlief von links oben nach rechts unten, die Schnittränder der Leinwand hatten sich nach außen gestülpt.

Wie betäubt lief Sarah fort, aus dem Museum, durch die Straßen. Zu Hause ließ sie die Wanne einlaufen. Zog sich aus. Die Übelkeit erreichte einen neuen Höhepunkt, ebbte wieder ab. Sie betrachtete sich im Spiegel. Strich über ihre Brüste, spürte eine neue, ihr fremde Spannung. Legte die Hände auf den Bauch. Dann kamen die Erinnerung, das Rechnen und die deutlicher werdende Erkenntnis. Sie drehte den Wasserhahn zu, ging nackt nach unten, in die Küche. Aus der Schublade holte sie drei Briefumschläge, nahm drei Bögen Papier und fing an zu schreiben. Jeder Umschlag war an einen anderen Adressaten, aber an dieselbe Anschrift gerichtet.

Adam. Jacob. Mary Calhoun. General Store, Forty Mile.

2. Thimister

Jacob schloss die Tür der kleinen Schule ab. Sie war kaum mehr als ein Holzverschlag mit einem Ofen an der Rückseite des Raums und einer großen Tafel vorne. Die Toilette lag ein Stück weiter weg im Garten, neben der Kirche. Hier in der Prärie war es im Herbst eher feucht als kalt. Er sah auf seine Stiefel hinunter, stellte fest, dass er bald neue bräuchte.

Thimister war ein kleines Dörfchen. Es gab eine Kirche, eine Schule und zwei kleine Lädchen. Die entferntesten Ranches eingerechnet, kam man höchstens auf dreihundert Einwohner. Jacob hatte sich für diese Stelle entschieden, weil er hier Teenager in englischer Literatur unterrichten konnte. In Wirklichkeit war er Direktor der kleinen Schule und gleichzeitig der einzige Lehrer. Von Kindern zwischen sechs und fünfzehn Jahren.

Langsam schlenderte er mit den Brüdern McCallen nach Hause. Die zwei Jungen lebten in dem Bauernhof schräg gegenüber von Jacobs Haus. Sie bestanden darauf, seine Tasche zu tragen, und brachten ab und zu Kuchen vorbei, den ihre Mutter für ihn gebacken hatte. Wenn er am Wochenende lange ausschlief, stand beim Aufwachen ein Topf Suppe vor der Tür.

Der verfallene kleine Bauernhof, in dem er wohnte, hatte dem Großvater der beiden Brüder gehört. Er war vergangenen Sommer gestorben, und die Familie war froh, dass das Haus jetzt wieder bewohnt war. Jacob hatte das Gras gemäht und den umgefallenen Baum auf der Ziegenweide in Stücke gesägt und kleingehackt. Nachdem er auch den Rosenstrauch, der auf die Veranda wucherte, zurückgeschnitten hatte, erlebte er eine zarte zweite Blüte aus weißen Wolken. Es roch nach Honig und Gras.

Er hatte zugesagt, sich um die Ziegen zu kümmern, zwei Böcke und vier Geißen. Die Veranda blickte auf die Felder und Wiesen in der sanft gewellten Ebene. Nur an den klarsten Tagen waren die Berge des Nordens zu sehen.

Als er nach dem Abendessen im Schaukelstuhl saß und Banjo spielte, spürte er eine Unruhe. Er legte das Instrument weg, zog die Stiefel an und ging ins Dorf. Neben der Kirche stand eine Telefonzelle. Dort kramte er Münzen aus seiner Hosentasche, steckte sie in den Schlitz. Das Telefon klingelte lange. Dann klickte es und er hörte ihre Stimme.

»Mary Calhoun, General Store, Forty Mile, guten Abend.«

»Hallo Mary, hier ist Jacob.«

»Jacob.«

Sie klang zurückhaltender als sonst. Er fragte, ob

247

es etwas Neues von Adam gebe. Der sei immer noch in Raven's Nook, sagte sie, komme aber regelmäßig nach Forty Mile zurück. Dann nahm er jeden Job an, den man ihm anbot, damit er sich von dem Geld bei den Leuten in Raven's Nook Essen kaufen konnte. Er ging immer noch täglich zum alten Geigenspieler. Für den Winter schien er noch keinen festen Plan zu haben. Der erste Schnee war schon gefallen, die Temperaturen konnten schnell tiefer sinken, und dann müsste er zusehen, dass er wegkam, denn in den Wintermonaten wusste man nie, wann ein Flieger ging. Oder er zog bei dem Alten ein. Von Willy hatte Mary erfahren, dass Adam in Vancouver neue Aufnahmen machen könnte. Vielleicht sogar in Nashville.

»Ist Post für mich da, Mary?«

»Ja.« Die Antwort kam viel schneller als erwartet. Direkter.

Eine Weile passierte nichts. Mary schwieg am anderen Ende der Leitung.

»Kannst du dann bitte Dawkins holen, Mary?«

Er hörte sie atmen. Sie setzte ein paar Mal zum Sprechen an. Seufzte dann tief.

»Jacob. Es ist ein Brief von Sarah und ich lese ihn dir vor. So will sie das haben. Ich habe zugestimmt.«

Er wickelte sich die Telefonschnur ums Handgelenk und zog sie straff. Ließ sie dann wieder los. Die Telefonzelle hatte keine Tür. Der Wind blies ihm in den

Rücken, den Nacken hoch und kroch ihm dann unters Hemd. Es fing an zu tröpfeln.

»Einverstanden, Jacob?«

»Ja.« Seine Stimme klang heiser. Er hörte Mary den Umschlag aufreißen. Sie begann zu lesen. Er hörte Marys Stimme, erkannte Sarahs Sprache. Die Art, wie sie Sätze baute. Wörter und Wendungen, die nur sie benutzen würde. Nach dem Gruß unten verstummte Mary. Sie wartete.

»Jacob?«

Ihm fiel keine passende Antwort ein.

»Jacob, sag was. Du brauchst nicht mit mir zu sprechen, ich will nur wissen, ob du noch da bist. Ob du den ganzen Brief gehört hast.«

Seine Lippen waren taub. Er fuhr mit der Zunge darüber, strich sich über den Bart.

»Jake?«

»Hm«, brachte er heraus.

Zusammen schwiegen sie weiter. Wieder hörte er sie atmen, tausend Meilen von ihm entfernt.

»Hat … Hat sie Adam auch geschrieben?«

»Ja.«

»Sollst du ihm den Brief auch vorlesen?«

»Nein. Der holt doch seine Post immer selbst ab.«

»Weiß er es schon?«

»Nein.«

»Hm.«

Jacob verabschiedete sich und legte auf. Zielstrebig

ging er dem Abend entgegen, zu dem kleinen Bauernhof am Ende der Straße. Dort fühlte er sich zu Hause. Auf halbem Weg blieb er stehen, hoffte, die kleinen McCallens würden schon schlafen. Einen Abschied könnte er jetzt nicht ertragen.

Er klopfte bei ihrer Mutter an. Wollte nicht eintreten, schob ihre Besorgnis beiseite. Er erklärte ihr, dass er wegmusste. Er wisse nicht, für wie lange. Und er bat sie, der Küsterin Bescheid zu sagen, dass sie den Unterricht wieder übernehmen musste.

»Kommst du zurück?«

Reglos blieb er stehen. »Ich weiß nicht.« Damit drehte er sich um und ging.

Am nächsten Tag brach er im Morgengrauen auf. Seinen Pick-up hatte er nachts beladen. Er konnte nicht schlafen. Geisterte die ganze Nacht durchs Haus. Der Holzboden knarrte unter seinen nackten Füßen. Sein Kopf unter der Pumpe in der Küche, der Duft des letzten Restchens Seife in der Seifenschale. Der Kanonenofen, auf dem er Wasser für den Kaffee aufsetzte.

Er hatte lange über die Armlehnen des Sessels neben dem Ofen gestrichen. Das verblasste Muster mit den Fingerspitzen nachgezogen. Er hatte sich vorgestellt, wie es sich anfühlen würde, über feine Härchen zu streichen. Apfelbäckchen. Kaputte Knie.

Auf der Autobahn hörte er sich eine Kassette nach der anderen an. Er sang aus voller Kehle mit und rauchte eine nach der anderen. Noch zwei Tage ging es geradeaus Richtung Westen. Er übernachtete in Motels, machte bei Tankstellen Rast. Am Abend des dritten Tages verlangsamte er sein Tempo immer weiter. Die letzte Tankstelle vor der Gabelung.

Er parkte den Pick-up an der Zapfsäule und tankte. Drinnen zog er das Gespräch mit dem Tankstellenbesitzer in die Länge, redete über alles und nichts. Hauptsache, die Unterhaltung war noch nicht vorbei. Schließlich stand er doch draußen. Er ging auf und ab, rauchte. Der Tankstellenbesitzer trat in die Tür, fragte ihn, ob alles in Ordnung sei. Er konnte nicht antworten. Darauf gab es keine Antwort. Dann stieg er wieder ein und fuhr los. Das letzte Stück geradeaus.

Wenige Meilen später tauchten die ersten Schilder auf. Unentschlossenheit raste durch seinen Körper. Er behielt sein Tempo bei, wusste immer noch nicht, wie er sich entscheiden sollte.

Süden hieß Sarah, Norden hieß Adam. Erst als seine Vorderreifen die Abzweigung passierten, spürte er sie. Die Selbstverständlichkeit.

Nordwärts. Im Zweifel immer nordwärts.

VI

Kassette

Vancouver, Oktober 1984

Seit es die kleine Mary gab, trug Sarah beim Arbeiten immer einen Gehörschutz, selbst bei leisen Tätigkeiten. Es dämpfte das Krähen der Kleinen gerade ausreichend, dass sie sich konzentrieren konnte, und ließ trotzdem genug Geräusche durch, um auf der sicheren Seite zu sein. Auch jetzt verschloss sie einen Teil ihres Gehörs vor ihrer Tochter. Sie wollte sie in ihrer Nähe wissen, immer noch. Mary war ein ruhiges Mädchen. Sie gab Sarahs Tagen die wärmeren, satteren Farben des Mutterdaseins.

Langsam verschwanden die letzten Spuren der Schwangerschaft. Wenn sie im Badezimmer nackt vor dem Spiegel stand, suchte sie nach dem Unterschied zu früher. Ihre Brüste waren noch voller, die Brustwarzen dunkler. Etwas Neues lag in ihrem Blick.

Ihre Beziehung zur Nachbarin war enger geworden. Die alte Fran bestand darauf, jede Woche ein paar Mal mit der Kleinen spazieren zu gehen. Sie war der Meinung, Sarah verbringe zu viel Zeit mit ihr im Haus. Doch ihre Grundstücke waren von einer hundert Jahre alten Hecke getrennt. Fran konnte nicht sehen, wie oft Sarah zusammen mit der kleinen Mary auf einem Laken zwischen den Sträuchern lag. Wie sie gemeinsam den verflochtenen Strängen der Sträucher mit den Fingern folgten. Wie Sarah sie im Herbstlaub herumkullern, ihre Fingerchen nach Gras grabschen ließ. Sie beließ es dabei. Genoss es, ihre Tochter für kurze Zeit zu vermissen, sich nach dem Wiedersehen zu sehnen. Nach ihren Ärmchen, die sich um ihren Nacken legten, nach dem zarten Kinderhals.

Die Kleine lag auf dem Teppich neben der Werkbank und schaute auf die Klötze in ihren Fäusten. Sie schlug sie aneinander, krähte vor Freude, wenn sie lärmend zusammenstießen. Sarah versuchte, sich auf das Schmuckstück vor ihr zu konzentrieren, die Geräusche der Welt klangen gedämpft um sie herum. Die Arbeit für die Schmuckfirma hatte ihr tatsächlich die ersehnte finanzielle Sicherheit gegeben. Sie hatte mehr Raum, mehr Zeit. Aber manchmal fehlte ihr die Hektik von früher. Die getriebene Suche nach neuen Kunden, neuen Wettbewerben.

Wiederholt hatte es Konflikte mit der Schmuckfirma gegeben. Wegen der mangelnden Qualität der Ateliers, die ihre Stücke herstellten. Wegen der Art, wie die Models mit ihrem Schmuck dargestellt wurden. In diesen Momenten wollte sie am liebsten verschwinden. Ihre Tochter ins Auto setzen. Fahren, bis sie einen Ort erreichte, wo sie einen Neuanfang machen konnte. Das waren auch die Momente, in denen sie sich am meisten nach Adam sehnte. Ein Verlangen im luftleeren Raum.

Ab und zu dachte sie an eine Bemerkung von Ann zurück. Kurz nach der Geburt hatte ihre Freundin sie besucht. Beim Anblick der kleinen Mary in Sarahs Armen fragte sie, was diese mit der Zeit vorhabe, die sie sich mit dem Vertrag erkauft hatte. Das Kind gebe eine Richtung vor, gewiss. Aber was war mit dem Rest ihres Lebens? Sarahs Freiheit war richtungslos. Noch immer.

Sie arbeitete weiter. Ab und zu schweifte ihr Blick in die linke Ecke ihrer Werkbank. Neben den aufgereihten Polierhämmern lag ein Päckchen von Adam. Als sie den Umschlag im Briefkasten gefunden hatte, erkannte sie die Form, eine Kassette. Seine Schrift.

Sie setzte den Gehörschutz ab. Mit Mary auf der Hüfte ging sie die Treppe hinunter, in die Küche. Während sie einen Apfel schälte, fing die Kleine an zu quengeln. Hoffentlich würde sie sich nach dem Obst zum Schlafen überreden lassen. Als sie fertig gegessen hatten, zögerte sie. Zog dann den Kassettenrecorder aus der Steckdose und nahm ihn mit der freien Hand mit nach oben, ins Atelier. Auf dem Teppich neben der Werkbank greinte Mary leise. Sarah suchte nach neuen Dingen, um sie abzulenken, nach etwas, was sie noch nicht kannte. Sie erkaufte sich die Ruhe mit einer Kupferschablone, die eigentlich zu fragil war für Kinderhände.

Vorsichtig schnitt sie den Umschlag auf. Adam hatte sich nicht mehr gemeldet. Nie mehr seit den Briefen an ihn, Jacob und Mary im vergangenen Herbst. Sein Schweigen fühlte sich immer noch an wie eine Wunde. Von Mary hatte sie erfahren, dass Jacob nach dem Brief, in dem sie ihm die Schwangerschaft mitgeteilt hatte, bei ihm gewesen war, und dass Adam sich jedes Mal nach ihr erkundigte. Sie schrieb ihm weiter, und er holte jeden Brief ab, wie sie wusste. Manchmal reiste er auch nach Süden, hatte Mary erzählt, zu Auftritten. Die Aufnahme in Vancouver vor über einem Jahr trug Früchte.

In dem Umschlag war kein Brief. Nur eine Kassette. Immer noch kein Wort. Die dünne Haut über der Wunde riss wieder auf. Sarah fuhr mit den Fingern seinen geschwungenen Namenszug auf der Rückseite des Umschlags nach. Er hatte ordentlich zurückgespult, sodass sie die Kassette gleich abspielen konnte. Sarah steckte sie in den Kassettenrekorder und drückte auf Play. Zuerst rauschte es. Dann hörte sie das, was sie erwartet hatte. Eine Aufnahme seiner Auftritte. Den ersten Nummern lauschte sie reglos. Sie erkannte Adams Stimme. Bekam Gänsehaut. Es war Bluegrass, aber wilder, schneller, repetitiver. Rhythmischer. Das hatte ihm wohl der alte Geigenspieler beigebracht. Die Stücke, die ihrer Meinung nach eigene Kompositionen waren, enthielten klassische Teile, die sie verwirrten.

Als wäre der Norden mit Adams klassischer Schulung verschmolzen.

Er war gut. Richtig gut. Sie hörte es an seinem Spiel und am tobenden Publikum. Bei zwei Stücken hintereinander klang es, als wäre da eine riesige Menschenmenge. Das gigantische Geschrei eines Festivals. Sie versuchte zu erraten, wo das war, hatte aber keine Ahnung.

Sie nahm ihr Schmuckstück wieder in die Hand und arbeitete langsam weiter, lauschte, genoss die Musik. Als es nur noch rauschte und der Kassettenrekorder am Ende mit einem Klicken ausging, merkte sie, dass ihre Tochter auf dem Teppich eingeschlafen war. Leise trug Sarah sie nach oben. Sie legte sie sanft in ihr Bettchen, strich ihr über das dunkle Haar. Den Lockenansatz hinter den Ohren und in ihrem schmalen Nacken. Legte die Decke über ihren warmen kleinen Körper.

Auf der B-Seite war eine verrückte Mischung aus Bluegrass und Punk, wie Adam sie in jener Nacht hier in Vancouver gespielt hatte, im Keller der Druckerei. Es war etwas Neues, wild, roh und rau. Sie hörte das Publikum ausrasten. Eine Nummer nach der anderen zog an ihr vorüber. Es war eine seltsame, unmögliche Mischung, aber es funktionierte. Auch diese Stücke waren an unterschiedlichen Orten aufgenommen. Nach einem besonders wilden Lied hörte sie ihn sprechen. Das Publikum um Ruhe bitten. Es folgte ein langer Applaus, dann eine kurze, gemurmelte Ankündigung. Die Feile fiel ihr aus der Hand, zu Boden. Sie drückte auf Stop. Rewind. Hörte erneut das Ende des Stücks. Verstand nicht, was er sagte, nur den letzten Satz.

»Das ist für Sarah.«

Wieder Stop und Rewind.

»Das ist für Sarah.«

Sie biss sich auf die Lippen. Ein langsam gespielter Akkord. Adams Stimme. Hoch und dünn. Die Worte schnitten ihr ins Herz.

Thy hand, Belinda

Ein zerbrechliches, dünnes Falsett, wie ein Kontertenor, begleitet von seltenen, sparsam eingesetzten Akkorden. Adam. Atemlos lauschte Sarah. Mit welcher Schlichtheit er die Sätze aussprach. Unmöglich, dass der Geiger, der da einstimmte, eben noch rauen Punk gespielt hatte. Die langsam anschwellende Arie. Ein Crescendo, bis Adams dünne Stimme schier brach. Als er die letzten Sätze wiederholte, lauter, voller, höher, hatte sie das Gefühl, ein Eisklumpen in ihrer Brust würde in tausend Splitter zerspringen.

Remember me, remember me, but ah! forget my fate.

Danach wiederholte er die Zeile ein letztes Mal, fast flüsternd. Die Geige baute das Lied ab, Schritt für

Schritt, bis zur letzten, lange gehaltenen Note. Stille. Dann ein erster Ruf. Jemand klatschte. Pfeifen. Lauter werdendes Getöse.

Die Kassette ging mit einem Klicken aus. Sarah weinte mit langen, lautlosen Schluchzern.

VII

Little Mary

Sarah wachte auf, als die Schlafzimmertür geöffnet wurde. Leise quietschende Scharniere, Füßchen, die über den Dielenboden tappten. Ihre Tochter schlüpfte unter die Decke. Neben ihr lag Jacob im Tiefschlaf, einen Arm übers Gesicht gelegt. Mary kroch in die Arme ihrer Mutter, rollte sich zu einer Kugel zusammen und ließ sich in den Schlaf streicheln. Sarah lauschte dem Atem der beiden. Jacobs langsame Atemzüge, ruhig und tief. Die ihrer Tochter leicht und rasend schnell.

Die Nächte in der Prärie waren überirdisch still. Da gab es nichts als den Wind und manchmal das dürre Knacken des Hauses. Ein heißer und trockener Sommer. Ende Juni hatte sie ihr Auto beladen. Den kleinen Kofferraum des Dodge mit Kleidung vollgepackt, ihre Tochter in einen Sitz auf die Rückbank gesetzt.

Für einen Sommer, hatte sie gesagt.

Es war eine weite Fahrt gewesen. Unterwegs ließ sie oft Adams Kassette laufen, darauf bedacht, rechtzeitig auszuschalten, bevor das letzte Stück anfing. Die kleine Mary liebte das Wilde, Raue. Mit ihrem zarten, hohen

Kinderstimmchen konnte sie ganze Stücke mitsingen. Doch wenn sie schlief, spielte Sarah leise das letzte Stück ab. Sie hatte das Stück schon oft gehört, aber die Widerhaken waren noch nicht abgenutzt.

In den ersten Wochen hatte Mary mit ihr in diesem Zimmer geschlafen. Das Mädchen fand, dass es der schönste Raum im ganzen Haus war. Die Blätter, die ins Kopfende des Bettes geschnitzt waren, die Blumen auf der Bettwäsche, die Girlanden auf der Tapete. Bis Jacob Mary eines Nachts in die Arme genommen hatte, ein schlafendes kleines Bündel, sie ins Zimmer im Halbgeschoss getragen und dort kuschelig ins Bett gelegt hatte. Seither teilten Sarah und Jacob hin und wieder nachts das Bett. Je nach Ebbe und Flut des Hungers ihrer Körper.

Gemeinsam erwarteten sie ihn auf der überdachten Veranda. Sie auf der Holzbank, er im Schaukelstuhl. Sie versuchte, sich in ein Buch zu versenken, er zupfte leise auf seinem Banjo. Mary war an diesem Abend schon früh schlafen gegangen. Tagsüber hatte sie die ganze Zeit mit den Brüdern McCallen getobt. Die Nachbarsjungen kamen täglich vorbei. Um mit den Ziegen zu spielen, Pflaumen zu pflücken, Jacob bei seinen Arbeiten am Haus in die Quere zu kommen. Sie nannten ihn, voller kindlicher Bewunderung, immer noch Herr Lehrer. Mary machte ihnen das eine Weile nach, bis er sie eines Tages auf den Arm nahm und sagte, ein Kind, das den Namen Mary trage, brauche ihn nicht Herr Lehrer zu nennen.

In Thimister gab es keinen Durchzugsverkehr. Nur die Kirche, die Häuser drum herum, die Bauernhöfe, die Felder und dahinter die Prärie.

Die lange, schnurgerade Straße aus dem Westen. Die Abendsonne färbte die Staubwolke hinter dem Auto dunkelorange. Wie viel Kraft es sie kostete, nicht auf ihn zuzurennen, als er in den Hof fuhr. Sie schaute zu Jacob und Adam, sah sie aufeinander zugehen, ohne langsamer zu werden, und mit einer stürmischen Umarmung zusammenstoßen. Hinter ihr knackte die Fliegengittertür. Die kleine Mary in ihrem weißen Nachthemd, ihre Locken wie ein dunkler Heiligenschein um das schlaftrunkene Gesichtchen. Adam, der auf die Veranda kam, neben ihr stand, Sarahs Finger für einen winzigen Moment berührte, bevor er sich vor ihre Tochter kniete. Er streckte ihr die Hand entgegen, das Mädchen schüttelte sie.

»Adam. Schön, dich kennenzulernen.«

»Ich heiße Mary.«

Sarah trug sie zurück ins große Bett in dem schönen Zimmer.

»Zum Kennenlernen ist morgen noch genug Zeit, Schätzchen.«

Am nächsten Morgen saß er dann bei ihnen am Tisch. Sarah legte Mary eine Hand auf die Schulter. »Weißt du was? Die Musik, die wir im Auto gehört haben, hat Adam gemacht.«

»Oh.«

Sie schien nachzudenken. Dann fing sie an, eine Stelle aus ihrem Lieblingslied zu singen.

Beim Geschirrspülen stand das Mädchen auf einem Schemel neben ihr, die Hände im Wasser. Sarah schrubbte einen Topf und summte das Lied, das sie gerade so zum Lachen gebracht hatte. Jacob und Adam standen im Garten, bei der Ziegenweide. Nebeneinander, die Arme auf dem Zaun abgestützt.

Sarah küsste ihre Tochter auf den Scheitel. Zusammen schauten sie nach draußen, zu den Männern. Zu den Ziegen. Zu den Bergen in der Ferne. Nordwärts.

Epilog

Walker

Forty Mile, Herbst 1976

Der Tag, an dem Walker Rick zu Mary brachte, hatte herrlich angefangen. Klare, kalte Luft, die Birkenblätter leuchtend gelb und kein Wölkchen am Himmel.

Zunächst stellte er Fallen für kleinere Tiere auf, es war noch nicht die Zeit des großen Wilds. Schneehühner, Hasen und Kaninchen, erste Biber. Am Vortag hatte er Ricks Truck bei dem kleinen Wasserfall am Rabbit Creek stehen sehen. Gegen zwölf Uhr kam er vorbei, da stand das Auto dort. Das erloschene Feuer und die Bierdosen daneben sagten ihm, dass Rick nachts angekommen war, um morgens in aller Stille auf die Jagd zu gehen. Die erste der Saison. Einen Moment lang hatte er überlegt, seinen Fußspuren zu folgen, ihn einzuholen und mit ihm zu jagen. Das hatte er nicht getan, er wollte Rick das Alleinjagen gönnen. Walker war immer besser gewesen in der Spurensuche und im Beschleichen, Rick war der bessere Schütze.

Als er an diesem Tag wieder vorbeifuhr, stand der Pick-up immer noch an derselben Stelle. Dieselben

Feuerreste, dieselben Bierdosen. Über Nacht war keine Dose hinzugekommen, kein Zweig von der Stelle gerückt worden. Ein kalter Schauder lief ihm über den Rücken.

Er blieb stehen und lauschte lange Zeit. Dann machte er sich auf den Weg, folgte Ricks Spur. Steinchen, die beiseitegekickt worden waren, die umgebogenen Zweige der Sträucher und der vage Abdruck von plattgetretenem Gras. An den Fußspuren entlang des Bachs erkannte Walker Ricks wiegenden Gang. Der regelmäßige Abstand seiner Schritte, der Rhythmus eines aufmerksamen Jägers. Die Spur führte ihn nach oben, fast bis zum Bergkamm, wo verstreute Birken in Nadelwald übergingen.

Walker blickte hoch. Drei Raben kreisten am Himmel. Im dicken Moos hatten Ricks Schritte kleine Vertiefungen hinterlassen. Unter dem Nadeldach des Tannenwalds war es kälter und feuchter. Dunkel. In der Ferne fiel mehr Licht durch die Bäume. Dorthin führte die Spur. Auf der Lichtung blieb Walker dann abrupt stehen.

Vor ihm lag Rick. Auf dem Bauch, die Arme vor der Brust verschränkt. Sein Blut hatte das Moos dunkelrot gefärbt, das Messer hielt er noch fest in der Hand, sein Gewehr lag ein Stück weiter. Keine drei Meter von ihm entfernt lag ein erwachsener Bär auf der Seite, mit dem Rücken zu Rick. Genauso tot wie er. Noch etwas weiter weg stand ein zweiter Bär. Auf allen vieren, ruhig, aber wachsam. Ein Junges, ein kleiner Jährling. Die beiden Lebenden sahen sich lange an. Dann machte Walker langsam ein paar Schritte, ohne das Junge aus den Augen zu lassen. Als er an Ricks Beine stieß, kniete er nieder. Das Bärenjunge rührte sich nicht, kam nicht näher. Mühsam drehte Walker Rick auf den Rücken. Seine Augen waren geschlossen, sein Mund stand offen. Violette Totenflecken auf der Wange, knapp über dem Bart. Die Brust unter seinen verschränkten Armen eine einzige Verwüstung.

Er setzte sich auf einen Felsen neben den Toten, fingerte eine Zigarette aus seiner Brusttasche. Seine Hand zitterte. Als er sich eine zweite Zigarette anzündete, kam der junge Bär neugierig näher.

Rick war keiner, der auf Bärenjagd ging. Außerdem war es viel zu früh im Jahr für ein gutes Fell. Die Anwesenheit des Bärenjungen machte den Hergang so klar wie nur was. Rick war zwischen die Mutter und ihr Junges geraten. Ende der Geschichte.

Nach der zweiten Zigarette wurde ihm bewusst, dass es an ihm war, Mary von Ricks Tod zu erzählen. Nicht er war als Erster gestorben. Nicht er war als Erster in einen Abgrund gestürzt oder eingeschneit worden und erkrankt, und auch das hatte ihn nicht ereilt: von einem Bären zerfetzt zu werden. Rick war als Erster gegangen. Und hatte den Bären, der ihn getötet hatte, in den Tod mitgenommen. Ein Weibchen.

Keins, dass man ihres Fells wegen schießen würde. Aber immerhin.

Rick war gestorben und er musste es Mary erzählen. Diese Erkenntnis wog schwerer als das Gewicht des toten Rick. Walker versuchte ihn hochzuheben. Einen Arm unter die Schultern, den anderen unter die Knie. Er strauchelte und stürzte zu Boden. Der fade Geruch nach Blut und Eingeweiden. In Ricks Kleidern der Geruch ihres Hauses. Marys Geruch. Er versuchte es erneut, nahm ihn diesmal über die Schulter. Steif baumelten Ricks Arme, sein Becken ließ sich kaum beugen. Schritt für Schritt machte Walker sich an den Abstieg. Noch einmal drehte er sich zu der Bärin und ihrem Jungen um. Das Junge schaute ihm hinterher.

Als er in Ricks Pick-up durch die Stadt fuhr, schienen alle Geräusche gedämpft. Die Menschen auf den Gehwegen blieben stehen. Sahen ihn in Ricks Truck sitzen. Die Hunde, die dem Auto hinterherrannten, bellten dumpf, und auch als er vor Marys Laden anhielt, blieben alle Geräusche unterdrückt. Ein Jeep fuhr vorbei. Menschen kamen aus der Kneipe, sahen ihn und sahen den Truck. Sie schwiegen. Bei Mary im Laden brannte noch Licht. Auch sie schien die hohle Stille zu hören, öffnete die Tür, als er gerade zur Ladeklappe ging. Er zog die Decke, in die er Rick gewickelt hatte, zu sich her und hob ihn erneut hoch. Die herbeigeeilten Helfer erstarrten in wenigen Schritten Entfernung, als sie seine Ruhe sahen. Die Leichtigkeit, mit der er den gebrochenen Körper trug. Auf den Gehweg, die Stufen hoch. Zu Mary. Er drückte ihn noch enger an sich, um durch die Tür zu kommen, die Mary für ihn aufhielt. Sie machte hinter ihm zu und drehte das Ladenschild um, *Geschlossen*.

Er hielt die Totenwache mit ihr. Im Laufe des Abends waren Frauen vorbeigekommen, um Mary zu helfen, Rick herzurichten. Zu waschen. Sie hatte sie weggeschickt. Wollte es allein machen. Er setzte sich in die kleine Küche und wusste, die Frauen warteten vor der Tür, falls sie doch noch gebraucht wurden. Walker hörte Mary im Wohnzimmer weinen, mit dem Körper ringen, der zu schwer war für sie. Er ging hin, hielt sie fest. Ignorierte ihre ablehnende Haltung und half ihr, Rick die Kleidung vom Leib zu schneiden. Jeder auf einer Seite wuschen sie das geronnene Blut aus den Wunden, kämmten ihm die Tannennadeln aus Haaren und Bart. Danach drehte Walker sie so, dass sie mit dem Rücken zu ihm stand. Sie sollte nicht sehen, wie er Rick wieder ankleidete. Erst als der letzte Hemdknopf ordentlich zugeknöpft war, ergriff er sie bei den bebenden Schultern und drehte sie wieder um.

Dann saßen sie sich gegenüber, jeder auf einer Seite von Rick. Im Haus wimmelte es von leisen Besuchern.

Schweigsam, weinend kamen sie vorbei. Blieben eine Weile.

Wie immer, wenn einer in Forty Mile starb, blieb die Kneipe während der Totenwache die ganze Nacht geöffnet. Jeder brachte etwas zu essen. Man erzählte sich Geschichten, sang Lieder, alle stießen auf Rick Calhoun an.

Am nächsten Tag würden sie zum Friedhof gehen, auf halber Höhe der Bergwand. Die ganze Stadt würde mitgehen, für die letzten Lieder und den letzten Schluck. Er fragte Mary, was sie zum Fluss mitnehmen würde, hinterher.

»Seinen Hut«, flüsterte sie.

Er wusste, wie es ablaufen würde. Mary würde rudern, Dawkins den Hut in Händen halten. In der Mitte des Flusses würden sie den Hut loslassen und der Strömung übergeben. Der Rest von Forty Mile stünde am Ufer. Schweigend.

Bei Tagesanbruch legte Walker ein letztes Mal seine Hand auf Ricks Schulter.

»Ich will heute nicht dabei sein, Mary. Ich will dorthin gehen, wo ich ihn gefunden habe.«

Sie nahm seine Hände, legte sie an ihre Stirn.

Noch ein Mal folgte er Ricks letztem Weg. Neben Ricks Spuren waren jetzt auch seine zu sehen. Kurze, schnelle Schritte auf dem Hinweg. Bleischwere, schwankende auf dem Weg zurück. Auf der Lichtung lag immer noch der Bär. Die Augen ausgepickt, der Kadaver zerfressen. Stinkend, umschwirrt von Fliegen.

Walker kniete sich neben die Karkasse, verscheuchte die Insekten und klappte sein Taschenmesser aus. Mühsam hob er die rechte Vordertatze und setzte die Messerspitze zu dem ersten Schnitt an, um ihm die Haut abzuziehen. Sie löste sich nur ruckweise, das Gewebe darunter war schon zu verfault, um den Pelz noch unversehrt abziehen zu können.

Mit den Armen triefend vor Blut und Fett stand er da, in den Händen das zu einem stinkenden Ball zusammengerollte Fell. Er sah auf, als er ein Schnauben hörte. Das Bärenjunge schaute vom Waldrand aus zu ihm.

An diesem Abend saß er in seiner Hütte, als er den Wagen hörte. Er erkannte das Geräusch schon von Weitem. Ricks Truck. Er ging hinaus, wartete auf sie. Mary. Sie trug ihr Haar offen. Lang, von Silberfäden durchzogen und sanft gewellt. Ein schwarzes Kleid. Walkers Zwerchfell zog sich zusammen vor Rührung. Ein einziges Mal hatte er sie im Kleid gesehen. An dem Tag, als er sie in den Wäldern um Forty Mile getroffen hatte. Schwarz. Knöchellang. Mit einer schmalen Taille.

Sie sagten nichts. Er zündete ein Feuer an und kochte. Schweigend aßen sie. Tranken Whisky am Feuer. Sie schauten lange in die Flammen, dann zueinander. Mary zog ihn hoch. Er fuhr mit den Fingern über die Linien um ihre Augen, die Falten in ihrer Wange. Ihre Lippen waren weniger voll als früher. Doch sie schmeckte noch genauso. Er öffnete den Reißverschluss an ihrem Rücken. Musterte sie. Erkannte die Spuren der Zeit an diesem Körper, den er vor über zwanzig Jahren zuletzt geliebt hatte. Seine Hände erinnerten sich. Die einwärts gerichtete Kurve oberhalb ihres Beckens, die Muskelstränge neben der Wirbelsäule. Er ließ sich von ihr ausziehen. Sah und spürte, dass auch sie sich erinnerte. Ihn erkannte und ertrank.

Walker wachte von einem vertrauten Klicken auf. Draußen war es schon hell. Das Fenster war geöffnet. Mary stand mit einer Decke um die Schultern davor. Sie hielt den Kopf schief, der Gewehrkolben lag auf ihrer rechten Schulter. Eine perfekte Schießhaltung. Er schlüpfte aus dem Bett und schlich sich zu ihr. Lautlos, abgesehen vom leisen Schrappen seiner schwieligen Fußsohlen auf dem Holzboden.

Er schaute den Lauf entlang. In dem Gehege, das er gestern für ihn gebaut hatte, stand der junge Bär. Sanft griff er nach Marys Armen, sie unterdrückte einen Schluchzer. Die Decke glitt zu Boden. Er blieb hinter ihr stehen, seine Stirn an ihrem Hinterkopf.

»Das Junge ziehe ich groß und lasse es dann frei. Am Anfang des Winters bringe ich dir das Fell von Ricks Bären«, sagte er leise.

Mary zog sich an und küsste Walker zum Abschied.

»Bye, Walker.«

»Bye, Marion.«

Quellen

Das Motto auf Seite 7 ist ein Zitat aus dem Gedicht »The Spell of the Yukon«, von Robert W. Service (*Songs of a Sourdough*, 1907).

Für die Figur und das Werk von Sarah Torun Aysgarth habe ich mich frei von Leben und Werk der schwedischen Silberschmiedin Vivianna Torun Bülow-Hübe (1927-2004) inspirieren lassen.

Meine Schilderung der Ersten Völker und ihrer Geschichte orientiert sich in groben Zügen an der Geschichte der Tr'ondëk Hwëch'in, der *First Nation*, die seit Tausenden Jahren am Yukon lebt. In den siebziger Jahren des 20. Jahrhunderts unternahmen sie zusammen mit anderen First Nations des Yukon Territory erste Schritte in Richtung Selbstverwaltung und Landforderungen. (www.trondek.ca)

Das Vorbild für Raven's Nook ist Old Crow, Yukon Territory, eine Gemeinschaft der Vuntut Gwich'in am Porcupine River. Es ist eine selbstverwaltete *dry community*, die nur per Schiff oder Flugzeug erreichbar ist. (www.oldcrow.ca)

Für die Beschreibung der athabaskischen Musik habe ich dankbar zurückgegriffen auf Craig Mishlers ausgezeichnetes Nachschlagewerk *The Crooked Stove-pipe: Athapaskan Fiddle Music and Square Dancing in Northeast Alaska and Northwest Canada* (Chicago 1993).

Der Text von »Roll in My Sweet Baby's Arms« auf Seite 88 kommt aus dem gleichnamigen amerikanischen *traditional* in der Version von Flatt & Scruggs.

Die Beschreibung von Henry Purcells *Dido's Lament* auf Seite 190 basiert auf der Aufführung von *Dido and Aeneas* der Opera Company of Philadelphia, mit Jessye Norman als Dido (1982). Als Grundlage für die Beschreibung auf den Seiten 260–261 diente mir Jeff Buckleys Version, vorgetragen auf Elvis Costellos Meltdown Festival (1995).

Inhalt